最高頻率
|老外在用|
英文使用書

U0079234

全書音檔下載

http://www.booknews.com.tw/mp3/booknewsmp3/171020B15/9786269640966.zip

全 MP3 一次下載為 zip 壓縮檔,
部分智慧型手機需安裝解壓縮程式方可開啟,iOS 系統需升級至 iOS 13 以上。
此為大型檔案,建議使用 WIFI 連線下載,以免占用流量,
並確認連線狀況,以利下載順暢。

※台灣版提供之英語朗讀音檔,為語研學院出版社額外製作並收錄

你學到的英語，
真的是日常使用的英語嗎？

這本書，不只是一本普通的英語會話書。

本書收錄的句子，是依據英語綜合研究所所長阿部一先生（前獨協大學外語學系及研究所教授）40 多年來收集的龐大語料庫，從其中的資料篩選出來的。嚴選語料庫中約 300 萬個單字的日常會話之後，再統計各種場合、狀況中的句子使用頻率，最終製作出書中的常用句排行榜。

這本書的獨特之處在於，以英語母語人士（在這個語料庫是美國人）的談話資料庫為依據，調查學習者所知道的句子實際上的常用程度，並且介紹日常生活中真正會使用的英語。

因此，出現在書中的句子，可以說真實反映了現代美式英語的使用情況。

　　舉例來說，回應別人道謝時會說的「不客氣」，英語是 You're welcome.，但也有些人聲稱「這不是典型的說法」，或者「太禮貌了，所以非正式場合不會這樣說」。

　　然而，在這個語料庫中，You're welcome. 的使用率有將近一半。由此可知，即使是隨意的日常對話，使用 You're welcome. 也是完全沒問題的。就像是這樣，對於坊間流傳的說法，本書也能夠提供足以檢驗的正確資訊。

　　如果你
「想知道母語人士實際使用的說法」
「對於是否能依場合使用恰當的英語感到不安」
「想要用精準的英語說出自己的想法」

那麼，這就是你必讀的一本書。

Picking up useful English phrases is like a savings account. What you get out of it is what you put into it.
（學習實用的英語語句就像儲蓄一樣。沒有事先存入，需要時就提不出來。）

作者代表　高橋基治

※英語綜合研究所的語料庫，內容涵蓋醫療、護理、金融、食品加工、軍事等各種領域，目前收錄的內容已經超過 2 億個單字。

大數據分析結果！

英語學習書和網路上的資訊往往不符合真實情況！

▶ 打招呼的用語 I'm fine.「我很好」
仍然是基本款！

　　我們常常聽說，在打招呼的時候，不會用 I'm fine. 來回應 How are you?、How are you doing?，或者實際上很少這樣說之類的。有的書甚至說 I'm fine. 非常不自然，建議讀者不要使用。真的是這樣嗎？

　　依照本書所參考的資料庫，雖然的確找不到 I'm fine, thank you. And you? 這樣一連串的說法，但表達「我很好」的回答方式中，有將近 70% 是 I'm fine。這代表美國人仍然會使用這個說法，並不覺得有什麼問題。從使用頻率來看，甚至可以說這是最基本的表達方式，只要記得這個就好了。

「羨慕」的表達方式，比起 I'm jealous.
或 Lucky you.，還有更常用的說法！

　　關於「羨慕」的表達方式，在市面上的英語學習書或網路資訊中，你應該看過這樣的說法：相較於 I envy you.，母語人士更常用的是 I'm jealous. 或 Lucky you.。從本書參考的資料庫也可以證實這一點。

　　不過，以使用頻率而言，其實還有更常用的說法。你覺得會是什麼呢？答案是 That's nice.，佔了將近 65%。雖然是很簡單的一句話，但應該不太會想到要這樣說吧。在英語會話書和網路資訊中，幾乎都沒有把這個說法列出來。

　　像這樣以客觀的語料庫資訊（大數據）為基礎，觀察英語的實際使用情況，就會發現學習書和網路上的資訊，往往和真實情形不同。

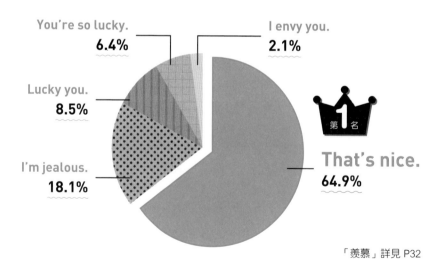

You're so lucky. 6.4%

I envy you. 2.1%

Lucky you. 8.5%

I'm jealous. 18.1%

第1名
That's nice. 64.9%

「羨慕」詳見 P32

大數據分析結果！

從 2 億單字嚴選
300 萬單字的語料
藉此了解真實的英語會話！

▶ 語料庫是什麼？

　　本書作為「大數據」來源的「語料庫」究竟是什麼？簡單來說，就是「數位化的大規模語言資料庫」。在語料庫中，會收集報紙、雜誌、書籍、電影及電視等各種媒體中使用的語句，並且製作成數位資料。因此，這些資料可以用電腦進行分析。透過語料庫，可以掌握詞語實際上的使用情況。

　　本書是依據英語綜合研究所所長阿部一先生（前獨協大學外語學系及研究所教授）40 多年來收集的龐大語料庫，以「20～50 多歲美國男女（不含其他國籍的母語或非母語人士）」最普通的日常會話為篩選條件，選出約 300 萬個單字的語料，並進行分析而得到的結果。

　　也就是說，這本書並不是依照作者個人的經驗，而是以有系統的資料庫為依據，分析「在這種時候，英語母語人士會怎麼說？」，從而呈現出現代美國實際使用的真實英語。正因如此，本書和其他的英語會話集截然不同。在本書中，除了確認已經知道的英語，和還不知道的英語以外，一定還會有各種「新發現」。請務必透過本書，學會各種場合與狀況中最恰當的表達方式。

從 2 億單字的語料中，
嚴選 300 萬單字的美國人日常會話！

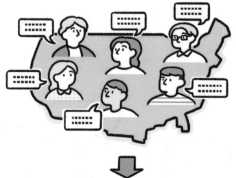

只挑選 20～50
多歲美國男女
的日常會話。

進行數據化分析！

分析特定語句
的用例與使用
頻率。

計算出最常使用的語句！

透過這些步
驟，分析出母
語人士最常用
的語句。

母語人士最常用的是短而簡單的語句！

▶ 在語料庫中頻率最高的語句
往往既短又簡單！

　　說英語的時候，或許你會覺得必須使用大學入學測驗會考的困難單字或複雜的句子才行。然而，從語料中可以得知，使用頻率最高的幾乎都是我們在初中學過的單字，或者幾個單字構成的短句。而且，這些都是大家平常聽過的簡單語句，所以不需要背誦或重學新的東西。

例如在這個語料庫中，應聲附和的用語第一名是 Oh, yeah?「是喔？」，而希望別人聽自己說一件事則會說 Do you have a minute?「你有一點時間嗎？」。其他母語人士實際使用的說法，也都是比教科書的表達方式更短而簡單的語句。

短句範例

Have you got it?
（你懂了嗎？）

Got it?
（懂了嗎？）

Would it be okay if ~ ?
（如果～可以嗎？）

Can I ~ ?
（我可以～嗎？）

Can you tell me how to get to ~?
（你可以告訴我要怎麼去～嗎？）

How do I get to ~ ?
（我要怎麼去～？）

　　如上所示，實際的日常會話會使用基本的單字，並且以慣用句型構成對話。總之，這些幾乎都是大家已經知道、會用的單字和句子。

　　不過，對於要在什麼場合使用這些語句，大家可能就不太清楚了。本書考慮到這一點，以簡單易懂的方式講解它們用法的區分。

　　請務必透過本書，學會這些簡單實用，又能清楚表達的英語說法。

[本書特色及使用方式]

本書有 Part 1～4，共 4 個部分。

Part 1～3，是針對各種情況，呈現日常英語會話短句的使用頻率排名，並且搭配例句解說使用方式的區分。Part 4 則是介紹「記住以後就能隨時運用」的日常會話短句。另外，也會提供會話的例子來示範

Part1～3

第 1 名的表達方式

針對每個主題，顯示語料庫中使用頻率第 1 名的說法或例句。

語句的使用頻率

選出使用頻率前 5 名的語句，並且顯示在語料庫中所佔的比率。因為有資料佐證，所以能夠得知真實的使用情況。另外，當實際使用情況與想像中有很大的落差時，也會列出使用率 0% 的說法。

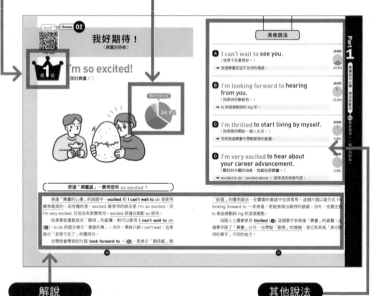

解說

說明第 1 名的說法使用頻率高的理由，或者其他說法使用頻率低的理由，以及最新的英語使用趨勢及傾向等等。學習者容易感到困惑的用法差異，也可以在這個部分釐清。

其他說法

列出使用頻率第 2 名以下的說法。透過可以在日常生活中使用的真實例句，了解實際上的使用場合。

用法。

　　雖然英語有各種表達方式，但只要看使用率「第 1 名」的項目，就可以知道母語人士實際上最常用的說法。透過例句或會話範例，可以進一步學習它們的使用方式。

Part4

第 1 名的表達方式

從語料庫中選出使用率高、「記住這個就 OK！」的句子。

會話範例

使用第 1 名表達方式的會話範例。從這裡可以看出在會話中的實際使用方式。

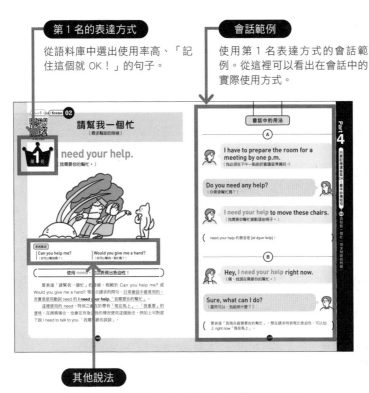

其他說法

列出使用頻率比較低，但在語料庫中實際出現的説法。

※分析使用頻率時，It is... 和 It's... 之類的變化形態被當成同樣的句子來計算。書中的例句則是參考語料庫內容另外撰寫的。

─CONTENTS

Part 1　表達自己心情、想法的說法

Part 2　請求、回應對方的說法

Part **3** 問候、回應的說法

Part4 只要記得這些就OK！基本必備短句

Part1

表達自己心情、想法

的說法

「我想確實表達自己的心情！」

想達到這個目標，最好的方法就是使用母語人士實際的說法。

讓我們來學習表達真實情感的語句，

傳達「期待」、「生氣」、「不知為何」等各種感受吧。

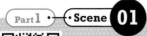

1-01.mp3

我很高興
（高興的時候）

I'm glad you asked.
（我很高興你問了。）

慣用句使用率

64.9%

> **表達「高興」的時候，glad 是最常用的！**

在學校學過的 glad，可能有人會認為「實際上沒那麼常用吧？」。請不要這樣想。這個單字在母語人士的會話中出乎意料地常用。最常見的句型是「**glad** (that)＋句子」，也會像 so glad、really glad 一樣，加上 so 或 really 來強調。glad to *do* 的用法也很常見。而在非正式的場合，也有省略主詞 I'm 而用 Glad 開頭的變化形式。

第二常用的是使用 happy 的 **I'm happy to ～**[A]。要表達「因為做～而很高興」時，就會使用這個句型。另外，也很適合搭配表示「很～」的

其他說法

A I'm happy to hear that.
（我很高興聽到那件事。）

➡ 「高興」適合用 happy 表達。

25.8%

B I feel great!
（我感覺很棒！）

➡ 高興的時候也可以說 great。

6.4%

C I'm very pleased to be working with you.
（我很榮幸和你合作。）

➡ 比較正式的場合，用這個說法！

2.6%

D You made my day.
（今天你讓我很開心。）

➡ 用於比較輕鬆、非正式的場合。

0.3%

so，所以 I'm so happy. 這個句子也很常用。要直接地表達高興的心情時，這可以說是基本款的表達方式。

feel great [**B**] 和 **pleased** [**C**]的使用頻率偏低。pleased 的頻率較低，或許是因為傾向於在商務等偏正式的場合使用的關係。在這種場合中，常用的說法是加上 very 的 I'm very pleased to meet you.。和對方在心理、社會方面感覺有些距離的時候，這是可以優先選擇的說法。

1-02.mp3

我好期待！
（興奮的時候）

第1名

I'm so excited!
（我好興奮！）

慣用句使用率
34.3%

表達「興奮感」，最常使用 so excited ！

　　表達「興奮的心情」的詞語中，**excited** 和 **I can't wait to** *do* 是使用頻率最高的。但有趣的是，excited 最常用的說法是 I'm so excited，而 I'm very excited. 反而沒有那麼常用。excited 很適合搭配 so 使用。

　　如果要把重點放在「期待」的感覺，則可以使用 **I can't wait to** *do* [Ⓐ]。to *do* 的部分表示「要做的事」。另外，單純只說 I can't wait，也是表示「我等不及了」的慣用句。

　　在學校會學到的片語 **look forward to** ～[Ⓑ]，是表示「期待感」與

其他說法

A I can't wait to see you.

（我等不及要見你。）

➡ 表達興奮而迫不及待的情感。

使用率

33.5%

B I'm looking forward to hearing from you.

（我期待你聯絡我。）

➡ to 後面接動詞的 ing 形。

使用率

22.9%

C I'm thrilled to start living by myself.

（我很期待開始一個人生活。）

➡ 用來表達興奮中帶點緊張的感覺。

使用率

5.9%

D I'm very excited to hear about your career advancement.

（聽到你升職的消息，我感到很興奮。）

➡ excited to *do*、excited about ～ 是常見的表達句型。

使用率

3.4%

「盼望」的慣用說法，在實際的會話中也很常用。這個片語以進行式 I'm looking forward to ～來表達，更能表現出期待的語感。另外，也要注意 to 後面接動詞 ing 形這個重點。

　　母語人士還會使用 **thrilled** [C] 這個單字來表達「興奮」的感覺。這個單字除了「興奮」以外，也帶點「緊張」的情緒，是它和其他「表示期待的單字」不同的地方。

1-03.mp3

真好吃！
（表達對料理的感想）

第1名

It's good!
（真好吃！）

慣用句使用率

34.5%

Yummy 和 delicious 要看場合使用！

　　表示「好吃」的說法，實際上最常用的是 **good**。如果要表達「非常好吃」，只要加上 so，說 It's so good! 就行了。順道一提，如果要進一步強調「好吃到令人難以置信」，也可以說 It's out of this world!「好到不像是這個世界上的東西」。對方聽到這樣的稱讚，可能會很感動吧。

　　讓人意外的是 **Yummy!** [A] 這個說法。雖然屬於幼兒語，是小孩子比較常用的說法，但即使是大人，如果發自內心感到美味的話，也會脫口說出這個詞。雖然很多時候是單獨使用 Yummy!，但也可以看到 It's yummy.

其他說法

A Yummy!
（好吃！）

→ 非正式的口語說法。

使用率
31.0%

B It's delicious!
（真美味！）

→ 主要用於正式場合的說法。

使用率
20.7%

C It tastes good!
（〔嚐起來〕真好吃！）

→ 「嚐起來非常好吃」則是 It tastes so good!

使用率
10.3%

D It's tasty !
（〔食物的味道〕真好吃！）

→ 用來稱讚食物的風味。

使用率
3.4%

和 It looks yummy 等說法。不過，請記住這基本上是小孩子使用的詞語。

　　有人說 **It's delicious!** [B] 是不太常用的說法，但實際上還是有一定程度的使用率。因為聽起來顯得有點拘謹、正式，所以應該視場合使用。

　　It tastes good! [C] 和 **It's tasty!** [D] 是表達食物味道的說法。另外，有人會把「好吃」說成 It's good taste.，但把 taste 當成動詞使用，才是英語母語人士慣用的說法。

1-04.mp3

生氣
（生氣的時候）

I'm mad at my boyfriend.
（我對男朋友很生氣。）

慣用句使用率

40.9%

> 正在氣頭上的時候，I'm mad at ～ 是安全的說法！

　　英語中有各種表示「生氣」的說法，最常使用的是 **I'm mad at** ～。這個表達方式對於任何時間、對象、地點都可以使用，是安全牌的說法。要注意的是應該使用 at。如果是 mad about ～ 的話，則是「對～著迷」的意思。

　　I'm upset about ～[A] 和 **I'm angry** at ～[C]，也可以在各種場合中表達憤怒的心情。前者表示有點心煩、惱火的感覺，後者則是比較強烈的生氣。兩者都是以生氣的人為主詞，而 You make me angry. 則是「你讓

Ⓐ I'm a little bit upset about Tim.
（我對提姆有點生氣。）

➡ 心煩的同時帶點生氣的感覺。

使用率
22.7%

Ⓑ My girlfriend's text really pissed me off.
（我女朋友的簡訊真的讓我很不爽。）

➡ 比較粗俗的口語，要注意使用的場合。

使用率
18.2%

Ⓒ I'm angry at him for breaking his promise.
（我對他很生氣，因為他不守承諾。）

➡ 用來表達生氣的感覺。

使用率
13.6%

Ⓓ I'm still furious with Ken.
（我還是對肯很憤怒。）

➡ 用來表達強烈的憤怒。

使用率
4.5%

我感到生氣」的意思。

　　如果要表達「不爽」、「火大」，最接近的說法是 **piss 人 off** [Ⓑ]，例如 She pissed me off.「她讓我很不爽」。雖然在非正式的會話中很常聽到，但因為 piss 本來的意思是「撒尿」，屬於比較粗俗的說法，所以只要知道是什麼意思就夠了，儘量不用比較保險。

　　I'm furious [Ⓓ] 是「我很憤怒」的意思，表示生氣的程度很高。

1-05.mp3

夠了
（覺得對方很煩的時候）

第1名

That's it.
（夠了。到此為止。）

慣用句使用率

81.2%

> 表達忍耐到了極限，佔大多數的說法 That's it.

　　對於抱怨個不停的人，可以用這句話表示「夠了」、「到此為止」。說 **That's it.** 的時候，是表示「忍耐到了極限，再也忍不下去了」。That's it. 除了這個用法以外，還可以在對方說了自己想說的話時，表達「就是這樣」的意思；或者在結束發言的時候，表示「以上就是我想說的」；以及用疑問句 That's it? 表示「（你要說的）就只有這樣？」的意思。

　　That's enough. [Ⓐ] 是「已經夠了」的意思。如果要表明是「什麼」夠了，可以在後面補充，例如 That's enough chatting.「聊天聊夠了，不

A That's enough.
（夠了。）

➡ 「已經夠多了」的語感。

使用率

8.3%

B Give me a break.
（放過我吧。）

➡ 「你該適可而止了吧」的感覺。

使用率

5.0%

C Knock it off!
（不要再說了！）

➡ 「停止」、「別再繼續了」的意思。

使用率

3.6%

D Enough is enough.
（真的夠了。）

➡ 用來表示「真的很煩」的心情。

使用率

1.9%

要再聊了」。另外，例如別人幫自己倒飲料的時候，也可以使用這句話，但不是用強烈的語氣，而是平穩地說，表示「這樣就夠了」的意思。

　　Give me a break. [B] 經常搭配 Come on!「拜託！」一起使用。**Knock it off! [C]** 的語意是「停止」，表示使對方中斷目前行為的意味，所以在一些情況下可以解釋成「不要再說了」的意思。

　　Enough is enough. [D] 隱含「真的很煩」的意味，如果使用適當的語調，聽起來會很嚴厲。對於難纏的人，就用這句話對付他吧。

1-06.mp3

怎麼辦…
（苦惱的時候）

第 1 名

What am I gonna do?
（我該怎麼辦？）

慣用句使用率

34.3%

What should I do? 意外地不常用！

　　走投無路、不知道該怎麼做的時候，會說「怎麼辦」。除了向別人尋求建議以外，也有可能用在一個人自言自語的時候。在英語中，使用頻率最高的說法是 **What am I gonna do?**。因為使用了 gonna（= going to），所以是「接下來要做什麼」的意思，有對未來感到擔心的語感。

　　What am I supposed to do? [B] 有 be supposed to *do*「應該要做～」的意義，所以會用在不知道別人期望自己怎麼做的時候，像是在問對方「我到底該怎麼做才對？」的感覺。

A **What do I do?**
（我該怎麼做？）

→ 用於不知道具體來說應該採取什麼行動的時候。

使用率

23.8%

B **What am I supposed to do?**
（我應該做什麼？）

→ 「不知道自己應該怎麼做」的意味比較強烈。

使用率

16.8%

C **I don't know what to do.**
（我不知道該怎麼做。）

→ 直白地表達「不知道」的說法。

使用率

14.7%

D **What should I do?**
（我該做什麼？）

→ 用平穩的語氣尋求建議。

使用率

10.5%

另外，也有像 **I don't know what to do.** [**C**] 這樣，以否定句表示苦惱的情況。有時候也會用 with 表示具體的內容，例如 I don't know what to do with this problem.「我不知道該怎麼處理這個問題」。

What should I do? [**D**] 是向對方尋求建議，因為使用助動詞 should，所以語氣上像是平穩地詢問對方「我該做什麼」。

1-07.mp3

太震驚了…
（感到震驚的時候）

第 1 名

I can't believe you're leaving Japan.

（我不敢相信你要離開日本。）

慣用句使用率

95.4%

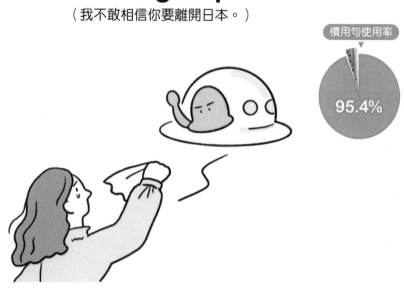

> 表達驚訝、失望的感受，I can't believe ～ 佔壓倒性多數！

　　使用率超過 90% 的 **I can't believe** ～，是表達「（對於～）我不敢相信！」的情緒。要表達對於看到或聽到的消息，感到衝擊或震驚的時候，這是最優先的選擇，在使用率方面也佔絕大多數。

　　接下來的 **Oh my God.** [Ⓐ]，雖然是英語母語人士在感到驚訝和震驚時會說的話，但在本書參考的語料庫中，使用率並不高。而且，雖然我們會隨口說出這句話，但英語國家的虔誠基督徒大多會避免這麼說。這是因為在文化與宗教背景下，把神（God）的名諱隨意掛在嘴邊，被認為是不

其他說法

A **Oh my God.**
（我的天啊。）

➡ 最好不要隨便使用這個說法。

使用率
1.7%

B **I'm so disappointed that my team lost.**
（我的隊伍輸了，我很失望。）

➡ 表達失望感的說法。

使用率
1.5%

C **I'm shocked that you were wrong about me.**
（我很驚訝你誤會我。）

➡ 表達精神上受到打擊的說法。

使用率
0.9%

D **I'm devastated by the news.**
（那個消息讓我非常震驚。）

➡ 精神上受到很大的打擊，好像被壓垮的感覺。

使用率
0.4%

對的行為。請記得有些人會對這個說法感到不悅，所以要儘量避免，並且採用 Oh, no.、Oh, my.、Oh, my goodness! 或 Oh my gosh! 等等安全的說法。

另外，感到失望時可以說 **I'm disappointed** that ～ [**B**]，精神上受到打擊可以用 **I'm shocked that** ～ [**C**] 來表達。另外，因為非常震驚而像是被壓垮一樣的心情，可以用 **I'm devastated** by ～ [**D**] 表達。雖然使用率低，但還是有人使用的。

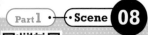

真羨慕
（羨慕的時候）

第 **1** 名

That's nice.
（真好。）

慣用句使用率

64.9%

小心 I envy you. 聽起來會像是嫉妒！

　　有些人把 **I envy you.** [**D**] 當成「我羨慕你」的意思。但事實上，這句話帶有「嫉妒」的語感，在某些情況下，會被理解為覬覦對方擁有的東西，所以使用時要注意。如果是關係親密的人，還可以當成玩笑話使用，但如果是初次見面的人，或許避免使用這個說法比較好。

　　取而代之的常用說法是 **That's nice.**。雖然是很簡單的一句話，使用率卻高達 6 成以上，是對任何人都可以使用的安全牌。

　　I'm jealous. [**A**] 雖然字面上是「我很嫉妒」的意思，但在日常會話

其他說法

Ⓐ I'm jealous.
（真羨慕。）

使用率

➡ 在日常會話中，像是說「好好喔～」的感覺。

18.1%

Ⓑ Lucky you.
（你真好運。）

使用率

➡「你很幸運」的意思。

8.5%

Ⓒ You're so lucky.
（你好幸運。）

使用率

➡ 稱讚對方幸運的程度「相當幸運」。

6.4%

Ⓓ I envy you.
（我好嫉妒你。）

使用率

➡ 有「嫉妒」對方擁有的東西或情況的感覺。

2.1%

中，負面意味往往不是那麼強，而是比較輕鬆的語氣，像是「好好喔～」的感覺。在實際的非正式場合中，也會聽到年輕人或女性加上 so 強調的說法 I'm SO jealous.。

　　Lucky you. [Ⓑ] 和 **You're so lucky.** [Ⓒ] 都是表達「你運氣真好」、「你真是幸運」的正面說法，因為並沒有嫉妒的意味，所以聽起來比較正向。

1-09.mp3

我受夠了
（覺得厭倦的時候）

第1名

I'm tired of staying home.
（我厭倦待在家了。）

慣用句使用率

44.6%

「厭倦」的兩大表達方式是 I'm tired of ～ 和 I'm sick of ～！

感到厭倦的情況，**I'm tired of** ～ 和 **I'm sick of** ～ [A] 的使用率是最高的。I'm sick of ～ 比較能讓人感覺到強烈的厭倦。但令人感到有趣的是，在語料庫裡的實際英語對話中，這兩個句型的後面都不是接人，幾乎都是接表示「做～這件事」的動詞 ing 形或者名詞。

接下來的 **I don't want to** ～ **anymore**. [B] 句型，是用「我再也不想做～了」的說法表達「厭倦」，直接地表達自己的訴求。

儘管使用率不高，但「**I＋動詞過去式＋～ too much**」[C]「做～做

A I'm sick of unpaid overtime.
（我受夠無薪加班了。）

➡ 強烈表達「厭煩的感受」。

使用率

41.9%

B I don't want to hear your excuses anymore.
（我不想再聽到你的藉口了。）

➡ 直接表達自己的情緒。

使用率

9.5%

C I played this game too much.
（我太常玩這個遊戲了。）

➡ 「做某件事做得太多而膩了」的語感。

使用率

2.7%

D I'm bored of doing desk work every day.
（每天在辦公桌前工作讓我感到厭倦。）

➡ 「因為無聊而厭倦」的語感。

使用率

1.4%

得太多」和 **I'm bored of** ～[**D**]「對～感到厭倦」也都是會用來表示厭倦的說法。be bored of～是一般口語的說法，但原本正式的用法是 be bored with/by。據推測，或許是因為 bored with 被 tired of 同化了，並且逐漸變成廣為接受的說法。從這裡也可以看出在學校學到的英語，和實際使用的英語之間的差別。

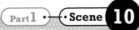

1-10.mp3

糟了
（把事情搞砸的時候）

Damn it.
（該死。）

慣用句使用率

91.2%

搞砸事情的時候，就是粗話登場的時候！

出現頻率最高的 **Damn it.**，是一時激動或懊惱時會脫口而出的話，表示「該死！」、「可惡！」的意思，在搞砸事情時也可以表達「糟了！」的意思。不過，因為是比較粗俗的話，所以最好不要這樣說。本書所參考的語料庫，因為反映了日常生活中使用的真實英語，所以像這樣的表達方式也會進入排行榜。因為 Damn it. 不是什麼好聽的話，所以改用意思差不多的 Darn it. 比較安全。

接下來的 **screw up** [A] 是「搞砸」的意思，也是非常口語的說法，

其他說法

A I screwed up.
（我搞砸了。）

→ 表示「搞砸事情」的口語說法。

使用率

3.2%

B I shouldn't have done that.
（我不該那麼做的。）

→ 用來表示後悔做過的事。

使用率

2.9%

C Oh, shit!
（噢，該死！）

→ 頭號的粗話，也用在搞砸事情的時候。

使用率

1.9%

D Why did I do that?
（我為什麼那麼做呢？）

→ 回顧過去，表達反省或後悔的意思。

使用率

0.8%

用來表示原本可以避免，卻因為自己不小心而搞砸的情況。不過，要注意使用的方式，因為它也有「性交」的意思。

　　I shouldn't have done that. [B] 和 **Why did I do that?** [D] 都是用在回顧過去，感嘆「當時不該那麼做」的時候。

　　至於 **Oh, shit!** [C]，雖然在電影等媒體常常聽到，但語感類似中文的「靠！」，所以不要使用比較好。如果一定要用的話，建議改成 Oh, shoot!。

1-11.mp3

我認為～
（表達意見的時候）

I think we get along well.
（我想我們相處融洽。）

慣用句使用率

64.9%

> 要表達自己的意見，還是 I think ～ 最常用！

　　要表達意見「我認為～」的時候，**I think ～** 是最基本的。在口語中，通常會把 I think that ～ 之中的 that 省略，如果加上 that 的話，感覺就有點一板一眼的。順道一提，要表示否定的「我不認為～」的話，有 I don't think it's a good idea. 和 I think it's not a good idea. 這兩種說法。前者避免了斷定的語氣，感覺稍微委婉一點，後者則聽起來直接又強烈。另外，如果比 I think ～ 還要有自信的時候，也會使用 I believe ～ 來表達。

　　I guess ～ [A] 感覺上信心不如 **I think ～**，所以給人語氣比較弱的

其他說法

A **I guess** the story sounds fishy.

（我想這個故事聽起來有點可疑。）

➡ 表示沒什麼自信的猜想。

18.1%

B **I'm afraid** she's putting you on.

（恐怕她是騙你的。）

➡ 後面接不好的事。

8.5%

C **I wonder** if you'll like it.

（我想知道你會不會喜歡。）

➡ 迂迴地詢問對方的說法。

6.4%

D **In my opinion**, he needs to get more experience.

（就我的意見而言，他需要累積更多經驗。）

➡ 陳述個人意見的說法。

2.1%

印象。

接下來的 **I'm afraid** ～ [**B**] 有「雖然很遺憾，但我認為～」的意味，在傳達不好的事情或遺憾的消息時，會用這個說法當作開頭。

I wonder ～ [**C**] 是「我想知道～」的意思，用來迂迴地詢問對方。加上 I wonder，會有一種自問自答的感覺，也因此聽起來比較和緩。I'm afraid ～ 和 I wonder ～ 都有把直接的意見變得和緩的效果，所以在傳達負面訊息時，或者要問的事情如果直接問有些唐突時，這兩種表達方式非常有用。

1-12.mp3

我熱愛～
（說明喜歡的事物時）

第1名

I really like working out.
（我真的很喜歡鍛練身體。）

慣用句使用率

76.1%

> 會話集經常出現的 **I'm into ～**，使用頻率低得令人意外！

　　表達「著迷於～」的 I'm into ～ 和 I'm hooked on ～，經常出現在市面上的英語會話書中，但在本書所參考的語料庫裡，**I really like ～** 佔了將近 8 成。令人意外地，英語使用者似乎偏好直接的表達方式。

　　使用頻率第二名的 **I'm crazy about ～** [**A**]，從使用 crazy 這個單字就可以得知，是類似「非常著迷」、「徹底迷上」的意思。

　　I can't live without ～ [**B**] 字面上的意思是「沒有～就活不下去」，所以這個說法是用來表達「生活中不可或缺」的意義。順道一提，這個表

其他說法

A I'm crazy about Korean dramas.
（我很愛看韓劇。）

使用率
14.1%

➡ 表示「徹底迷上」的意思。

B I can't live without listening to western music!
（不聽西洋音樂我活不下去！）

使用率
4.3%

➡ 表示生活中不可或缺的意思。

C I'm into social media.
（我迷上了社群媒體。）

使用率
3.3%

➡ 「著迷於～」的意思。

D This chocolate cake is amazing, and I can't get enough of it.
（這個巧克力蛋糕太好吃了，我怎麼吃都吃不膩。）

使用率
2.2%

➡ 「因為很喜歡而覺得再多也不夠」的意思。

達方式會像 I can't live without you. 一樣，在 without 後面接人物，而這也是它最常見的用法。

接著是使用頻率不如想像中高的 **I'm into ～** [C]。從 into 「進入裡面」的意義，引申出用 I'm into ～ 表達「著迷於～」的意思。如果要加強程度，表示「太過著迷」的話，則可以說 I'm too much into social media.「我太著迷於社群媒體了」。

1-13.mp3

我應付不了／不擅長～
（表達討厭的事物時）

第1名

I don't like the heat.
（我怕熱。）

慣用句使用率

64.2%

不喜歡就直接說 I don't like ～ 也 OK！

說到「不擅長」、「應付不了」，應該會馬上想到 I'm not good at ～ 吧。不過，在本書所參考的語料庫中，直接用 **I don't like ～**「我不喜歡～」來表達的情況佔壓倒性多數。另外，like 後面接的大多是代名詞（it, this, you 等等）和名詞。

I can't handle ～[A] 是「我不能處理、應付不了」的意思。接下來的 **I'm not good at ～**[B] 是「我不擅長～」，也就是「不太會做～」的意思。雖然使用率不高，但實際上還是用得到的。

其他說法

A I can't handle alcohol.
（我不太能喝酒。）

➡ 「不能處理、應付」的意思。

使用率

18.7%

B I'm not good at making eye contact.
（我不擅長和人眼神接觸。）

➡ 「不擅長」的意思。

使用率

11.2%

C Camping is not my thing.
（我不太喜歡露營。）

➡ 「不太喜歡」或「不擅長」的意思。

使用率

4.5%

D I'm bad at singing.
（我歌唱得很不好。）

➡ 強調「很不擅長」的感覺。

使用率

1.5%

---

　　not my thing [**C**] 是表達「我不太喜歡」或「我不擅長」的口語說法。例如 Astrology is not my thing. 就是「我不太喜歡占星」的意思。

　　最後的 **I'm bad at ～** [**D**] 是「我很不擅長」的意思，用「做得很差」這種表達方式來強調不擅長的感覺。雖然 bad 也可以換成 poor，但在語料庫中比較多的是 bad 的用法。

1-14.mp3

我打算～
（表達預定要做的事）

I'll show you around.
（我會帶你到處看看。）

慣用句使用率

43.1%

> **當下決定要做的事就用 will ！**

    I'll 的 **will** 表示「接下來要做某事的意志」，而且是當場決定的。will 也有預測未來可能性高的事情（「會～」）這層意義，這也被認為是因為其中含有「意志」的語感，而衍生出這樣的用法。

    I want to ～ [**A**] 表示 want「想要（做）」to 之後的事情，是表達願望的一種說法。不過，want 這個單字表達的渴望程度較高，所以帶有「我想要努力實現某件事」的語感。或許是因為這樣，在表達預定要做的事情時，和渴望程度較高的 want 比起來，語氣不那麼強烈的 will 比較常

44

其他說法

A I want to try out.
（我想要參加試鏡。）

➡ 表達強烈的意願。try out = go to the audition。

使用率 32.5%

B I'm going to go abroad to study next year.
（我明年會出國留學。）

➡ 用在已經有計畫的情況。

使用率 22.0%

C I'm supposed to move to the sales division in April.
（我四月應該會調到業務部。）

➡ 用在有約定或義務的情況。

使用率 2.1%

D I intend to change jobs next year.
（我打算明年換工作。）

➡ 「有意圖」的意思。

使用率 0.3%

用。

I'm going to [**B**]「我即將～」也是經常聽到的表達方式。因為是用 be going to 來表達，所以有以預定事項為目標，已經在進行中的語感。也就是說，這個表達方式會用在先前已決定將來要這麼做，並且有具體計畫的情況。

I'm supposed to ～ [**C**]「我應該（會）～」並不是用來表達自己決定要做的事，而是用在和別人約定好，或者有義務做某事的情況。

1-15.mp3

我很忙
（沒空的時候）

I'm busy.
（我很忙。）

慣用句使用率

81.8%

> 「忙碌」果然還是要用 busy 來表達！

　　說到「忙碌」，最常用的還是 **busy**，使用頻率達到 80% 以上，佔壓倒性多數。如果要表達「因為～而忙碌」的話，會使用 with 來表達，例如 I'm busy with my work.「我忙於工作」。

　　其他表達方式，使用率都一樣，但因為想要表達的語感不同，而使用了不同的說法。**be occupied with** ～ [A] 的 occupy 是「（在時間等方面）佔用」的意思，所以是用來表達「因為～被佔用」→「因為～而忙碌」，聽起來感覺偏正式。

其他說法

A I'm occupied with the preparation for the event.

（我忙著進行活動的準備。）

使用率 4.5%

➡ 偏正式的語感。

B I'm tied up with work.

（我被工作纏住了。）

使用率 4.5%

➡ 「被綁住而無法離開」的意思。

C I have so much to do.

（我有好多事要做。）

使用率 4.5%

➡ 用別的說法來表達「忙碌」。

D I had a hectic day at work today.

（今天我在職場上過了暈頭轉向的一天。）

使用率 4.5%

➡ 表示「非常忙亂」的意思。

---

　　tie 是「綁～」的意思，所以 **be tied up with ～**［**B**］產生出「被～綁住」→「因為～而忙碌」的用法，表現出手上事情很多而沒有多餘時間的語感。

　　I have so much to do.［**C**］是以「要做的事很多」表達「忙碌」。

　　另外，也有使用 **hectic**（= very busy）［**D**］這個單字的說法。have a hectic day 是指「度過忙碌的一天」，在語感上有「非常忙碌」、「忙得暈頭轉向」的感覺。如果是 It's been a hectic week.，則是「這禮拜忙得暈頭轉向」的意思。

1-16.mp3

我贊成
（同意的時候）

第1名
I agree.
（我贊成。）

慣用句使用率

66.0%

> 表達同意，最常用的是現在式的 I agree. !

　　要表達「我贊成」，簡單地說 **I agree.** 就行了。這個基本款的說法，在表示同意時都可以使用，不論正式或非正式的場合都適合，是很方便的表達方式。如果要表達「同意你」的話，可以加上 with you，變成 I agree with you.。另外，如果並不是完全贊成，但認為對方說的也有道理，則可以說 I have to agree.。

　　使用率第二名 **I'm with you.** [A] 中的 with 是「和～一起」的意思，所以原意是「我和你在一起」，由此引申出「贊成」的意思，常用於非正式的場合。

其他說法

Ⓐ I'm with you.
（我同意你。）

➡ 「我站在你這邊」的語感。

使用率
17.0%

Ⓑ I couldn't agree more.
（我再同意不過了。）

➡ 「因為非常同意，所以同意的程度不可能更高了」的意思。

使用率
9.4%

Ⓒ I think so, too.
（我也這麼認為。）

➡ 表達「同感」的感覺。

使用率
5.7%

Ⓓ I'm all for it.
（我完全同意。）

➡ 「完全支持」的意思。

使用率
1.9%

　　I couldn't agree more. [Ⓑ] 是「贊成的程度已經很高，不可能更高了」→「非常贊成」的意思。英語學習者常說的 **I think so, too.** [Ⓒ] 雖然實際上使用頻率也偏低，但母語人士還是會使用的。不過，這通常是用在對方說 I think...，而「我也這麼認為」的情況。請不要在任何情況都反覆使用這個說法。

　　I'm all for it. [Ⓓ] 的 for 有「贊成、支持～」的意思，並且加上 all「完全」，所以是「對～毫無異議、非常贊成」的意思。

1-17.mp3

不知道為什麼
（被問到理由的時候）

第**1**名

Somehow, I can tell.
（不知道為什麼，我察覺得到。）

慣用句使用率

44.7%

「不知怎的」用 somehow 表達！

被問到理由，卻說不出明確的答案……這時候，最常用的說法是 **somehow**。應該有很多人把它的意思記成「因為某種原因」吧。在日常對話中，這個單字通常用在句首或句尾，表示「不知道為什麼」的意思。

使用率幾乎一樣高的 **I don't know why** [Ⓐ]，也可以表達「不知道為什麼」的意思。另外，這個說法常以 I don't know why, but ～「我不知道為什麼，但～」的形式使用，也是它的一項特色。

For some reason [Ⓑ] 也是用來表示「因為某個不知道的原因」，也

A I don't know why, but I feel so sleepy today.

（我不知道為什麼，今天覺得好睏。）

 使用率 42.0%

➡ 「不知道理由」的意思。

B For some reason, I'm a good judge of people.

（不知為何，我很會看人。）

 使用率 7.8%

➡ 「因為某個不知道的原因」的意思。

C I just feel like going out today!

（我今天就是想要出門！）

 使用率 4.7%

➡ 「有想做～的心情」的意思。

D I have no reason to do that.

（我沒有理由那麼做。）

 使用率 0.8%

➡ 「沒有理由」的意思。

就是理由並不清楚的情況，重音放在 some 的位置上。

　　I just feel like ～ [C] 表示雖然無法清楚說明原因，但還是「想要做～」。用法像 I just feel like drinking at home today.「我今天就是想在家喝酒」一樣，後面接動名詞。

　　最後的 **I have no reason to ～** [D]，使用的例子非常少，是表示「我沒有理由會做～」→「我沒道理會做～」的意思。另外，在回答理由的時候，也有 Just because.「沒什麼理由」這種說法。

1-18.mp3

我不能去
（拒絕邀約的時候）

第1名

Sorry, but I can't go.
（抱歉，我不能去。）

慣用句使用率

77.8%

用 I can't 拒絕邀約其實沒問題！

　　在日常會話中，要拒絕別人的邀約，先說 Sorry, but 或 I'd love to, but，然後再用 I can't ～ 直接拒絕，是很常見的表達方式。在拒絕的時候，附加說明簡單的理由，是英語的習慣。I have other plans. 「我有其他計畫」是通常會搭配在一起使用的句子。

　　I can't make it [Ａ] 是口語中常聽到的慣用表達方式。make it 有各種意義，在這裡是對於「你要去嗎？」的問題，表示「及時到達（可以去）」的意思。實際使用情況中的意思，就是 I can't make it. = I can't go.。

其他說法

A | I can't make it that night.
（那天晚上我沒辦法去。）

➡ make it 是「及時到達（可以去）」的意思。

6.9%

B | Next time.
（下次吧。）

➡「下次再約我」的意思。

使用率
5.6%

C | I think I'll pass.
（這次我不去。）

➡「這次我放棄」的意思。

使用率
5.6%

D | I don't think just the two of us is a good idea.
（我不覺得就我們兩個人是個好主意。）

➡ 拐個彎表達拒絕的說法。

使用率
4.2%

Next time. [B] 和 **I think I'll pass. [C]** 都表示「這次沒辦法，或許下次」的意味，會以 Maybe next time. 或 I think I'll pass this time. 的方式使用。

I don't think ～ is a good idea. [D] 表示「我不認為～是個好主意」，是拐個彎用委婉的方式表達「我拒絕」的說法。

另外，雖然沒有列在上面，但如果是關係親近的人，也可以像 I'm kind of busy. 一樣，直接表達自己的情況。

1-19.mp3

我反對
（表達反對意見的時候）

第1名

I don't think so.
（我不這麼認為。）

慣用句使用率

90.1%

表示反對時，I don't think so. 遠超過其他說法！

在反對別人意見的句子中，竟然有 9 成是 **I don't think so**。這個句子有時候聽起來很直接，但在熟人之間是很常使用的。

接下來的 **disagree** [**A**] 是「意見不同」的意思，在正式和非正式的場合都可以使用。不過，因為還是感覺有些直接，所以在某些情況、用某些語氣說出口的時候，也有可能會讓人覺得失禮。

I'm not sure. [**B**] 在不想直接反對，想要比較委婉地表達時，是很方便的表達方式。語感方面是 I'm not sure.「我不確定」→「我無法贊

其他說法

A I disagree.
（我不同意。）

→ 正式和非正式的場合都可以使用。

使用率 4.4%

B I'm not sure.
（我不確定。）

→ 表達輕微的反對。

使用率 3.8%

C I object to going with the flow.
（我反對隨波逐流。）

→ 用來表達「我有異議」的感覺。

使用率 1.1%

D I'm against your idea.
（我反對你的想法。）

→ against 是「反對」的意思。

使用率 0.5%

成」。實際上也有 I'm not sure about this. 的說法。另外，如果在意上司的感受，又想表達反對意見，這時候也可以說 I'm not sure I can agree with you.「我不確定是否能同意你」。

I object to ～ [C] 是「我反對～」的意思，語感上像是「我對～有異議」，就好像在戲劇中，會看到律師在法庭喊出 Objection, your honor!「庭上，我有異議！」的感覺。

1-20.mp3

或許吧
（沒有信心的時候）

第 **1** 名 ## Maybe.
（或許吧。）

慣用句使用率

44.7%

「或許」用信心程度一半的 **maybe** 表達！

說到「或許」，就會馬上想到 **Maybe.**。這個單字表示說話者的信心大約有「一半」。另外，如果像 Maybe, I think... 一樣用在句首的話，則是在提議的時候，用來緩和自己主張的強度。

I guess. [A] 的語感是「雖然沒有信心，但應該是這樣」。也可以像 I guess you're right.「我猜你是對的」一樣，用 I guess ～ 表示「我猜（大概是）～」的意思。

Could be. [B] 是 It could be so. 的省略，表示可能性比較低「或許

A I guess.
（我猜是吧。）

➡ 「沒有信心」的感覺。

36%

B Could be.
（可能吧。）

➡ 「有可能性」的意思。

7.9%

C Who knows?
（誰知道呢？）

➡ 「應該沒人知道」的感覺。

7.4%

D Perhaps.
（或許吧。）

➡ 意義和 maybe 類似，但聽起來稍微不那麼口語。

4.0%

有可能」的意思。

Who knows? [**C**] 的意思是「有誰知道呢（應該沒人知道吧）」，有說反話的感覺，語感上顯得不是那麼客氣。

Perhaps. [**D**] 和 maybe 一樣表示 50% 左右的可能性，但 perhaps 聽起來稍微不那麼口語。據說在英式英語中，perhaps 表示可能性比 maybe 高。不過，因為每個人的感受都有差異，所以把大致上的概念記起來就可以了。

如何習慣以英語進行日常會話？

日常會話中使用的英語，不論是單字或慣用語，使用的絕大多數都是基本的詞語，而且越是自然而輕鬆的對話，這種現象就越明顯。儘管如此，為什麼很多人仍然「無法順利以英語對話」呢？

其中一個原因，是只把會話當成一種學習。不管是單字還是句型，許多英語學習者把它們當成透過文字學習的知識，傾向於「用頭腦記憶」。也有許多人對於發音、聽力等聲音的層面感到困難。

在聲音層面重要的是，一定要確實從自己的口中說出來，讓身體「逐漸習慣」英語。簡單來說，就是用身體感覺英語語音流動的節奏，以及在會話進行過程中，在適當的時機應和或回答對方。這種感覺非常重要，在實際的溝通中，對話進行的自然順暢度是關鍵的要素。

所以，在對話時與其慢吞吞地構想句子，還不如和談話對象合作，用單字與慣用語的語塊（chunks）共同建構順暢的對話過程，這才是最重要的。要讓對話順暢，就要將本書中學到的「慣用語句」儘可能運用在對話中。

Part2

請求、回應對方
的說法

讓溝通順利進行的訣竅,就是聰明地表達請求,
以及在適當的時機做出反應。
試著熟練母語人士實際上常用的語句,
提升自己的溝通能力吧!

2-01.mp3

我可以做～嗎？
（請求的時候）

第1名

May I have some privacy, please?

（可以讓我獨處一下嗎？）

慣用句使用率

65.4%

提出請求就用 May I ～ , please? 的組合！

　　最常用的「請求」說法是 **May I ～, please?**，是向對方請求許可的說法。句中的 May I ～? 傾向於用在客人與店員之類在利益方面存在上下關係的情況，或者是想向對方表示尊重的時候。加上 please 會顯得更有禮貌。

　　使用率第二高的，是可以在各種場合表達「請求」的 **Can you ～ ?**[**A**]。近年來，這個說法除了非正式場合以外，在正式的場合也越來越常用了。

其他說法

A Can you speak up?

（你可以大聲說嗎？）

→ 「請求」的常用說法。

使用率

32.1%

B Would you mind calling a taxi for me?

（可以麻煩您幫我叫計程車嗎？）

→ 表達「禮貌的請求」。

使用率

2.3%

C I'd like to get this stain out.

（我想清除這塊汙漬。）

→ 比較溫和地表達自己希望的事。

使用率

0.2%

D Would it be okay if I submitted the report tomorrow instead?

（我改在明天提交報告可以嗎？）

→ 溫和地請求「許可」及詢問「可能性」的說法。

使用率

0.04%

Would you mind 〜 ? [B] 和 May I 〜 ? 一樣，是相當禮貌的說法。從實際使用情況來看，最常用的是後面接動名詞的形式，例如 Would you mind moving over?「（在列車中）可以麻煩您坐過去一點嗎？」。

其他還有表達自己希望的 I'd like to 〜 [C]「我想要〜」、有請求對方許可意味的 Would it be okay if 〜 ? [D]，雖然使用率比較低，但也都是會用到的說法。

2-02.mp3

何不試著做～呢？
（建議的時候）

Why don't you give it a try?
（你何不試試看呢？）

慣用句使用率

61.5%

How about ～ ？「做～怎麼樣？」意外地少用！

　　向朋友或同事提出建議時，最常用的是 **Why don't you ～ ?**。直譯是「你為什麼不做～呢？」，可能會讓人以為有責備的意味，但實際上是用在提出建議的時候，表示「做～怎麼樣？」的意思。第二名的 **Why not ～ ? [Ⓐ]** 也是「為什麼不做～呢？」→「你可以試試看～」這種像是說反話的表達方式。這兩種說法都只用在關係親近的人之間，所以最好不要對上司或地位較高的人這麼說。

　　如果想要委婉地提出建議，推薦使用 **I think you should ～ [Ⓑ]**，因

Ⓐ Why not start over?
（你何不重新開始做呢？）

➡ 「為什麼不呢？」→「可以試試看」的意思。

使用率 30.1%

Ⓑ I think you should get over her now.
（我認為你應該忘了她。）

➡ 比較委婉地提出建議。

使用率 5.1%

Ⓒ Don't you want to try Unagi (eel)?
（你不想吃吃看鰻魚嗎？）

➡ 直接詢問對方「你不想做～嗎？」。

使用率 2.1%

Ⓓ How about calling it a day?
（今天就到此為止怎麼樣？）

➡ 建議「做～怎麼樣？」。call it a day 是慣用說法。

使用率 1.1%

為 should 是建議對方「做～比較好」的語氣。再加上 **I think**，更能緩和語氣，而不會有強迫對方接受意見的感覺。

　　Don't you want to ～? [Ⓒ] 是「你不想要做～嗎？」的意思。回答時要注意「想做答 Yes，不想做答 No」這一點。

　　最後的 **How about** *doing*? [Ⓓ] 在本書所參考的語料庫中不太常用。這個句型後面常接名詞，例如 How about tomorrow?「明天怎麼樣？」。

2-03.mp3

不要做～
（提醒別人不要做某事）

第1名 Don't take it personally.
（不是針對你，別放在心上。）

慣用句使用率

89.7%

> 非正式的對話使用 Don't ～ 也 OK！

　　想告知對方「不要做～」，請他停止某個行為時，直接以 **Don't ～** 表達的例子意外地佔壓倒性多數。不過，或許是因為聽起來有些強硬，所以也常常搭配 please 一起使用。即使如此，隨著說話方式的不同，Don't ～ 聽起來仍然可能有壓迫感，所以對於地位較高的人、上司或接待的對象，最好不要使用。

　　接下來的 **You can't ～** [A] 的 can 有「許可」的意味，而否定形 can't（cannot）則是「不可以做～」，表示「禁止」。語感上，是表達在

其他說法

A You can't take pictures here.
（這裡不可以拍照。）

➡ 告知「你不可以做～」的意思。

使用率
6.5%

B Stop playing with your smartphone.
（別再玩你的智慧型手機了。）

➡ 「停止你現在正在做的事」的意思。

使用率
3.2%

C You shouldn't complain about every little thing.
（你不該每件小事都抱怨。）

➡ 建議對方「不應該做～」的意思。

使用率
0.6%

D You'd better not tease him.
（你最好別欺負他。）

➡ 忠告或警告的語感。

使用率
0.01%

所處狀況中「不可以做～」。

　　stop 幾乎都使用 **Stop** *doing* [B] 的形式，用來表示「停止你現在正在做的事」。

　　You shouldn't ～ [C] 是向對方建議「你不應該～」。**You'd better not ～** [D]「你最好不要～」在使用時要小心，因為很接近命令句，通常是地位較高的人對地位較低的人提出忠告或警告時使用。

2-04.mp3

～的時候你有計畫嗎？
（詢問預定行程的時候）

第1名

What are you doing on Christmas day?
（聖誕節你會做什麼？）

慣用句使用率

50.0%

> **What are you doing ～？是詢問預定事項的一般說法！**

　　詢問對方近期的預定事項時，**What are you doing ～？** 是最常用的說法。～的部分會接 on Christmas day、tonight、next week 等等表示「時間」的詞語。現在進行式「be 動詞 + *doing*」除了表示「現在正在做什麼」以外，也會像這裡一樣，用來詢問比較近期的未來預定事項。在這種情況下，表現的語感是「為了即將到來的預定事項，已經做了相當程度的準備或安排」。

　　另外，**Are you free ～？** [A] 也是詢問較小的預定事項時很方便的句

其他說法

A Are you free for lunch tomorrow?
（你明天有空吃個午餐嗎？）

➡ 「你有空嗎？你有時間嗎？」的感覺。

使用率

24.3%

B You busy?
（在忙嗎？）

➡ 用來確認對方的狀況。

使用率

12.9%

C Are you busy tonight?
（你今晚忙嗎？）

➡ 向關係親近的對象，詢問較小的預定事項的感覺。

使用率

10.0%

D Do you have any plans for summer vacation?
（你暑假有任何計畫嗎？）

➡ 「已經決定好的計畫」的語感。

使用率
2.9%

型，～的部分可以接 for lunch 或 this weekend 等等。可以用於輕鬆搭話的場合，也可以用來向對方提出邀約。

　　Are you busy ～ ? [**C**] 的使用頻率雖然比較低，但常用於熟人之間。You busy? [**B**] 是更隨興的說法，語感上像是「在忙嗎？」。至於英語會話集常出現的 Do you have any plans ～ ? [**D**]，使用頻率意外地低。除了長期的休假以外，通常不會使用 plan(s)「計畫」這個單字。

2-05.mp3

我可以做～嗎？
（請求許可的時候）

第1名

Can I try this on?
（我可以試穿這個嗎？）

慣用句使用率
78.0%

> 在請求許可的說法中，Can I ～ ? 獨佔鰲頭！

　　請求許可時，在許多場合都可以使用 **Can I ～ ?**。如果想要表現禮貌的話，可以使用 **Could I ～ ?** [**Ⓐ**]，但近年 Can I ～ ? 的使用範圍似乎越來越廣了。

　　說到請求許可，**May I ～ ?** [**Ⓑ**] 雖然也是慣用的句型，但比較讓人明顯感覺到與對方的上下關係，比起 Can I ～ ? 顯得較為謙遜，所以適合用在意識到與對方身分地位高低差別的情況。

　　而在不太好意思拜託對方，覺得可能造成對方負擔的時候，就是 **Do**

其他說法

A Could I be excused?

（我可以離開一下嗎？）

➡ 比較禮貌的請求說法。

使用率

12.1%

B May I have your company name please?

（可以請教您的公司名稱嗎？）

➡ 例如商務場合中，意識到彼此上下關係時的說法。

使用率

8.2%

C Do you mind if I sit here?

（介意我坐在這裡嗎？）

➡ 有點擔心別人會介意時的問法。

使用率

1.6%

D Would it be okay if I traded seats with you?

（我和您交換座位可以嗎？）

➡ 用來請求可能會造成對方負擔的事。

使用率

0.1%

you mind if ～? [**C**] 派上用場的時候了。mind 是「介意」的意思，所以使用這個單字，可以表現出考慮對方感受的心情。不過，或許是因為用這個句型請人允許普通的小事，聽起來太過慎重，所以使用頻率比較低。

Would it be okay if ～? [**D**] 同樣常用在預期會讓對方有負擔，所以不容易開口請求的情況。在輕鬆的場合使用的話，反而聽起來過度禮貌，或許因此才讓使用率偏低。

2-06.mp3

你有交往的對象嗎？

（詢問是否有對象的時候）

第**1**名

Are you seeing anyone?

（你正在跟誰交往嗎？）

慣用句使用率

50.0%

> 詢問是否有對象的說法，Are you seeing ～？是第一名！

　　表達「和～交往」的例子，有一半是 **Are you seeing ～？**。動詞 see 有各種意義，像是這裡的進行式用法，就是「和異性交往」的意思。

　　用 **Are you in love with ～？**[**A**]「你在和～戀愛嗎？」表達「你在和～交往嗎？」，或許會讓人感到意外。be in love with ～ 除了表達單方面愛上別人以外，也可以用來表示「正在交往，是戀愛的關係」的意思。

　　Do you have a girlfriend/boyfriend?[**B**] 是直接詢問是否有男女朋友的說法。對於某些談話對象，如果突然這麼問的話，可能會讓人覺得不

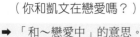

A Are you in love with Kevin?

（你和凱文在戀愛嗎？）

使用率

➡ 「和～戀愛中」的意思。

35.0%

B Do you have a girlfriend/boyfriend?

（你有女朋友／男朋友嗎？）

使用率

➡ 直接問是否有交往對象的說法。

10.0%

C You're single?

（你單身嗎？）

使用率

➡ 確認對方沒有交往對象這件事。

5.0%

D Are you dating anyone?

（你正在跟誰交往嗎？）

使用率

➡ 沒有出現這個句型的使用例子。

0.0%

舒服，所以在親近到一定程度之後，才使用這個說法，會比較保險。

You're single? [**C**] 的 single 表示「單身的」。通常會以 You still single?「你還是單身嗎？」、So, you're single?「所以你單身嗎？」等方式使用，確認對方的感情狀態。至於一般英語會話書常出現的 **date** [**D**] 和 go out with，在本書參考的語料庫中則沒有出現。

2-07.mp3

你怎麼了？
（表示關心的時候）

What's up?
（你怎麼了？）

慣用句使用率

31.7%

打招呼用的 What's up?，也可以用來表示關心！

輕鬆地打招呼時會說的 **What's up?**「最近怎麼樣？」，也可以在別人發生狀況的時候，用來詢問「你還好嗎？發生什麼事了？」。

典型的說法 **What's wrong?** [A] 雖然輸給了第一名的 What's up?，但使用率仍然很高。這句話的使用情境，就像是看著別人的臉，感覺狀態明顯和平常不同，問對方「怎麼回事？」的時候一樣。

接下來是使用率和前面兩者不相上下的 **Are you okay?** [B]。雖然是很簡單的說法，但使用頻率很高。

A What's wrong? You look pale.

（怎麼回事？你看起來臉色蒼白。）

➡ 問「發生什麼事了？」的語氣。

使用率 24.4%

B Are you okay?

（你還好嗎？）

➡ 類似中文的「你還好嗎？」。

使用率 23.8%

C Why are you crying? What's the matter?

（你為什麼在哭？怎麼回事？）

➡ 不知道原因而問「怎麼回事？」的說法。

使用率 14.4%

D Is everything okay?

（一切都還好嗎？）

➡ 「一切事情進行得順利嗎？」的意思。

使用率 5.7%

再來是 **What's the matter?** [C]。這句話也是表示「發生了什麼問題？」，在對方好像遇到問題的情況常常聽到。不過，如果加上 with you，變成 What's the matter with you?，語氣不對的話，就有可能變成「你是怎麼搞的？」這種責備對方的意思，所以要小心使用。What's wrong? 也要注意語氣。

Is everything okay? [D] 或者 Everything okay?「一切都還好嗎？」，也會用來詢問對方是否遇到了什麼狀況。

2-08.mp3

我很遺憾
（表示同情的時候）

I'm sorry about that.
（我感到很遺憾。）

慣用句使用率

91.7%

> 表達同情的說法，I'm sorry 佔絕大多數！

　　表示「對不起」的道歉慣用說法 **I'm sorry**，其實也很常用來表示「我感到很遺憾」，也就是同情對方的意思。sorry 後面常接 about，其他還有接「句子」、「to *do*」、「for + 事情」等使用方式。另外，也可以像 Oh, I'm SO sorry. 一樣，用 so 來加強語氣。

　　對於對方遇到的情況，不知道該表達什麼意見才好的時候，可以說 **I don't know what to say.** [Ａ]。當你想說些什麼，又不知道該怎麼說才好的時候，就可以使用這個句子。

A I don't know what to say.
（我不知道該說什麼才好。）

➡ 「不知道該表達什麼意見」的意思。

使用率

3.3%

B That's too bad.
（太可惜了。）

➡ 也可以用來表達「太遺憾了」。

使用率

2.9%

C It's a shame that things didn't work out for you.
（可惜你遇到的情況並不順利。）

➡ a shame 是指「可惜的事」。

使用率

1.3%

D I know how you feel.
（我明白你的感受。）

➡ 表示對於對方的心情有同感。

使用率

0.9%

　　That's too bad. [**B**] 的意思是「太遺憾了」，是發生不幸或可惜的事情時會使用的說法。根據本書參考的語料庫，前面還會加上 Oh,、Oh, no、Well、Oh, well 等等。

　　說到 **shame** [**C**] 這個單字，應該有很多人記得它是「羞恥」的意思吧。事實上，口語中的 a shame 也有「可惜的事」這個意義。如果說 What a shame! 的話，就表示「真可惜」、「真遺憾」。**I know how you feel.** [**D**] 則是表示自己很了解對方難過的心情。

2-09.mp3

太好了！
（聽到好消息的時候）

第1名

That's great!
（太好了！）

慣用句使用率

73.3%

> ### 聽到好消息就用 That's great! 回應！

在聽到好消息的反應之中，**That's great!** 遠超過其他的說法，對任何人、在任何狀況都可以這麼說，使用範圍很廣。不過，在實際使用的例子中，通常不會一開頭就這麼說，而是會先發出 Oh!、Really?、Wow! 之類的感嘆之後，再說出 That's great!。

要表達「做得好！」或「恭喜你！」這種心情的時候，會說 **Good for you.** [A]。適時使用這句話來回應，對方應該會覺得更加開心。這句話也一樣，通常開頭會先說 Great! 或 That's great!，然後才說 Good for you.。

其他說法

A Good for you.
（做得好。）

➡ 「你做得很好」的意思。

使用率
21.8%

B That sounds great.
（聽起來很棒。）

➡ 用「聽起來很棒」表示贊同。

使用率
5.1%

C You did it.
（你辦到了。）

➡ 用「你辦到了」表示認同對方的努力。

使用率
2.7%

D I'm happy for you.
（我為你感到開心。）

➡ 因為聽到好消息而祝福對方之意。

使用率
2.2%

That sounds great. [B] 的意思是「聽起來很棒」，是在聽到對方所說的話之後，表達贊同或同感的典型回應，也常以 Sounds great. 的形式使用。說出這句話的時候，要把重音放在 great 上。

You did it. [C] 的意思是「你辦到了」，用在對方達成了某件事的時候。如果是自己達成了某件事，則會說 I did it.「我辦到了」。

至於 **I'm happy for you.** [D]，則是「我為你感到開心」的意思，在聽到對方結婚、升職、生子等等好消息的時候，會用這句話來回應。

2-10.mp3

太好笑了
（覺得對方說的話很有趣時）

第 **1** 名

That's funny.
（太好笑了。）

慣用句使用率

71.8%

> **That's funny. 搭配 so 或 very，意義有所不同！**

　　覺得對方說的話很好笑，要表達「太好笑了」的時候，首選的說法就是 **That's funny.**，使用率佔比非常高。

　　另外，也可以像 He's funny.「他很好笑」一樣，用來形容人物。不過，當聽到無聊的笑話，或者被別人調侃的時候，則會說 That's very funny.，並且把額外加上的 very 刻意拉長來說，就變成帶著諷刺的「還真是好笑喔（一點也不好笑）」的意思。所以，如果要表達「非常好笑」的話，請不要說 very funny，而是要加上 so，用 That's so funny!「真是太

A You're killing me.
（笑死我了。）

➡ 表示讓人捧腹大笑般地好笑。

使用率
16.5%

B That's hilarious.
（太搞笑了。）

➡ 類似中文「很搞笑」的語感。

使用率
8.2%

C That's hysterical.
（實在太好笑了。）

➡ 「讓人笑到停不下來」的感覺。

使用率
2.4%

D That's classic.
（太經典了。）

➡ 用「經典的」表達「非常滑稽」的意思。

使用率
1.2%

好笑了！」表達就行了。

　　第二名 **You're killing me.** [Ⓐ] 也很常用。kill「殺」雖然感覺很嚇人，但在英語中，可以用來表達讓人捧腹大笑、「笑死我了」的意思。

　　其他還有強調 funny 的通俗說法 **hilarious** [Ⓑ]「搞笑的」，以及意謂讓人笑個不停的 **hysterical** [Ⓒ]「非常好笑的」。而頻率比較低的 **classic** [Ⓓ]「經典的」，也可以用來表示「非常滑稽的」。

2-11.mp3

～比較好
（選擇的時候）

I'd rather eat at home.
（我寧可在家吃飯。）

慣用句使用率

64.2%

想要比較委婉地表達喜好或意願時，用 I'd rather ～ 最適合

　　傳達自己喜好的說法中，**I would rather** ～ 佔了很高的比例。在對話中，通常會採用 I'd rather ～ 的形式。否定形式是 I'd rather not ～，要注意 not 的位置。I'd rather not ～ 也可以溫和地拒絕別人的邀約，是很好用的說法。

　　接下來的 **I prefer** ～ [Ⓐ]「我偏好～」，可以表達自己在比較的情況下相對喜好的事物。使用 would 的形式 I'd prefer ～，會顯得比較委婉，這種說法也很常見。否定的說法和 I'd rather ～ 類似，是把 not 放在

其他說法

A I prefer the window seat.

（我偏好窗邊的座位。）

➡ 表達自己比較之下「偏好」什麼。

使用率

18.7%

B Taking a bus is better than taking a taxi.

（搭公車比搭計程車好。）

➡ 直接表達「什麼比什麼好」的說法。

使用率

11.2%

C I like tea better than coffee.

（我喜歡茶勝過咖啡。）

➡ 直接表達自己「比較喜歡哪個」的說法。

使用率

4.5%

D Buying a new car looks better than fixing the old one.

（買新車似乎比修舊車來得好。）

➡ 表達以第一印象而言哪個比較好。

使用率

1.5%

---

prefer 後面，例如 I prefer not to answer.「我不想回答」。這個說法同樣可以比較溫和地表達拒絕。I'd rather ～ 和 I prefer ～ 聽起來有點莊重，所以在正式場合也可以多多使用。

　　剩下的 A be better than B [B]、I like A better (than B) [C]、A look(s) better than B [D]，都是在學校學過的說法，表示「A 比 B 好」、「我比較喜歡 A」、「A 看起來比較好」，雖然使用率較低，但仍然是實際上會用來表達喜好的說法。

2-12.mp3

不會吧
（驚訝的時候）

第1名

What?
（什麼？）

慣用句使用率

92.5%

> 驚訝時「不會吧」的心情，幾乎都用 What? 表達！

　　聽到難以置信的消息或出人意料的事情時，表達驚訝的第一個反應，竟然有 9 成都是 **What?**「什麼？」。由此可知，這是非常典型的說法，甚至可以說只要會用這個就夠了。不過，使用時請不要忘了表現出情緒，並且稍微拉長。隨著語氣與場合的不同，What? 也有可能是帶點煩躁或生氣的「你說什麼？」的意思。

　　接下來則是 **Are you sure?** [A] 和 **Are you serious?** [B]，有確認對方所說的話是真是假的意味。這兩種說法要將句尾的音調明顯上揚，表

A Are you sure?
（你確定嗎？）

➡ 詢問「你確定那是真的嗎？」的意思。

使用率 3.7%

B Are you serious?
（你是認真的嗎？）

➡「你這麼說是認真的嗎（不是開玩笑）？」的意思。

使用率 2.2%

C No way!
（不會吧！）

➡「騙人的吧！」的語氣。

使用率 1.0%

D That's impossible.
（那是不可能的。）

➡ 表達自己認為不可能是真的。

使用率 0.6%

現出強烈的反應。對於關係親近的人，也可以使用簡略的 You sure? 和 You serious?。

No way! [C] 表示「不會吧，是騙人的吧」。另外，在別人要求自己做某事的時候，也可以用這句話表示強烈的拒絕，像是「我絕對不要」、「我不可能做這件事」的感覺。

That's impossible. [D] 的意思是「那是不可能的事」。而在排行榜之外，還有 It can't be.「不可能」、You must be kidding.「你一定是在開玩笑」等說法。

2-13.mp3

做得好！
（讚美對方的成果）

Good job.
（做得好。）

慣用句使用率
31.1%

「做得好」果然還是用 Good job. 表達！

讚美對方的成果時，我們很熟悉的 **Good job.** 是最常用的，使用的情境類似於在別人做完一件事時，說「辛苦了」的時候。也有加上主詞 you，說成 You did a good job. 的用法。想要更加強調的話，也可以說 **Great job.** [**D**]。

接下來的 **Way to go.** [**A**] 是用在對方做了很棒的事的時候，表示「做得好」、「太棒了」的意思。這個說法原本是稱讚運動賽事中表現傑出的選手「表現得很好」的話，但現在則廣泛使用於一般的狀況中。在本書所參考的語料庫中，也可以注意到 Way to go 後面接對方的名字或 son

其他說法

A Way to go, Michael!
（做得好，麥可！）

➡ 用於對方做了很棒的事的時候。

使用率
25.2%

B Well done.
（做得好。）

➡ 用於對方好好完成了某件事的時候。

使用率
23.3%

C You did it.
（你辦到了。）

➡ 給對方直接的稱讚。

使用率
10.7%

D Great job.
（做得好。）

➡ 強調的說法。

使用率
9.7%

等稱呼的現象。

　　Well done. [] 表示「做得很好」，這也是常聽到的誇獎用語。例如小孩學會了某件事，或者有人減重成功等等，只要是對方達成了某件事，就可以這麼說。另外，也可以用 Good for you. 表達。如果要強調的話，則可以說 Very well done.。

　　You did it. [] 字面上的意思是「你做了那件事」，但如果加強 did 的發音，則可以用來稱讚別人「你辦到了！」。

好啊
（接受邀約的時候）

2-14.mp3

第**1**名

Okay.
（好啊。）

慣用句使用率

60.5%

Certainly 不如大家所想的那麼常用！

對於別人的邀約，要輕鬆地隨口接受的時候，還是以 **Okay.** 和 **All right.** [**A**] 佔大多數。在別人對自己有所請求的時候，也可以這樣回答，所以只要記住這兩種說法就沒問題了。

Sure. [**B**] 和 **Of course.** [**C**] 也都算是常用。前者的語感是「因為對方說得對而同意」，後者的語感是「對方所說的是理所當然的」。順帶一提，雖然經常有人說，對於別人的請求，用表示「當然」的 Of course 來回答是不恰當的，但在非正式的日常對話中，這樣說並沒有什麼問題。在

A All right.

（可以。）

使用率

23.6%

➡ 從「平安無事」轉變成「可以」的意思。

B Sure.

（當然。）

使用率

6.9%

➡ 贊同對方所說的，或接受邀約的說法。

C Of course.

（當然。）

使用率

6.2%

➡「理所當然」的感覺。

D Why not?

（為什麼不呢？）

使用率

2.8%

➡ 像是反著說一樣，「為什麼不？」→「好啊」的意思。

本書參考的語料庫中，也有用 Of course 回應別人的請求，表示「當然好」的例子。

最後的 **Why not?** [**D**] 是反著說的感覺，在說這句話的情況中，心裡想的其實是「當然好」。

在英語會話書中經常出現的 No problem.「沒問題」，反而比較常用來表示「不客氣」的意思。而 Certainly. 雖然也是「當然好」的意思，但感覺偏正式，在與家人或朋友的閒談中不會使用，所以出現頻率很低。

2-15.mp3

我就知道
（事情不出所料的時候）

第**1**名

I told you so.
（我早就跟你說了。）

慣用句使用率

42.8%

不能直譯的時候，就從背後的想法著手！

　　中文的「果然」，在英語並沒有能夠完全對應的說法。要表達發生的事情正如自己所料，有「我早就跟你說了」→ **I told you so.** 和「我就知道」→ **I knew it.** [**A**] 這兩種思考與表達的方式，佔所有例子的絕大部分。前者表示「自己所說的事情變成真的」，後者表示「自己以前的推測，結果證明是對的」。

　　接下來的 **I thought so** [**B**]，概念是「我之前就是這麼想的」。雖然使用率比較低，但實際上也是會使用的。這裡用過去式，是表示「之前就

Ⓐ I knew it.
（我就知道。）

使用率

➡ 表達事情正如自己所預料的典型說法。

41.5%

Ⓑ I thought so, too.
（我也是這麼想的。）

使用率

➡ 表示同意對方所說的話。

7.5%

Ⓒ Didn't I tell you?
（我不是跟你說了嗎？）

使用率

➡ 「我早就告訴過你了」的意思。

4.4%

Ⓓ I figured.
（我早就料到了。）

使用率

➡ 用 figure 表示「想，認為」的說法。

3.8%

這麼想」的意思。**Didn't I tell you?** [Ⓒ] 是說反話的感覺，表示「我沒跟你說嗎？（我的確跟你說過了）」，用在對方沒聽自己的忠告或勸告而失敗的情況。隨著語氣的不同，也有可能呈現出質問對方的感覺。

I figured. [Ⓓ] 這個說法或許感覺不太熟悉。動詞 figure 有「經過思考後認為～」的意思，表示在思考從以前到現在的情況後，「我（這麼）認為」→「果然如此」的意味。

2-16.mp3

別管我
（不想被干涉的時候）

第1名

Leave me alone.
（別管我。）

慣用句使用率

34.9%

> 依照和對方的關係，選擇「別管我」的說法！

「別管我」、「別理我」的典型說法還是 **Leave me alone.**。Just leave me alone. 的形式也很常見。

Go away. [A] 的使用率也差不多。不過，這句話聽起來非常直接，所以限於對家人、朋友等親近的人使用比較好。

另外，**none of your business** [B]「不關你的事，不要多管閒事」也算是常用。一般而言，會搭配 It's 或 That's 使用。這裡的 business 是「和某人有關係的事」的意思。隨著說話語氣的不同，這個說法可能會聽

A Go away.

（走開。）

使用率

➡ 直接表明要對方走開。

32.6%

B This is none of your business.

（這不關你的事。）

使用率

➡ 表達「和對方無關」的意思。

26.7%

C Stay away from me.

（離我遠一點。）

使用率

➡ 叫對方不要接近自己。

4.7%

D I don't wanna hear it.

（我不想聽。）

使用率

➡ 直接發洩情緒的感覺。

1.2%

起來很強硬，所以使用的時候要慎選對象。

　　Stay away from me. [**C**] 是「離我遠一點」的意思，由此產生出「不要接近我」、「不要跟我有牽扯」的意思。對於一直纏著自己的人，也會說這句話。除了人以外，後面也可以接事物或場所，例如 Stay away from cigarettes.「少抽菸」、Stay away from the place.「不要靠近那個地方」等等，是應用範圍很廣泛的句型。

2-17.mp3

你真貼心
（稱讚對方為別人設想的時候）

You're so smart.
（你真機靈。）

慣用句使用率

57.1%

---

smart 也可以用來表示「機靈」的意思！

大家都知道 **smart** 是「聰明」的意思。但除了這個意思之外，例如在 a smart idea「很妙的主意」之中，smart 也可以表示「機靈」的意思。雖然本來是「聰明」的意思，但在某些情況下，可以稱讚別人因為聰明而能視狀況立即做出反應，也就是「機靈」。

接下來的 **attentive**［A］或許是我們比較不熟悉的單字。attentive 是 attention「注意，關注」的形容詞形，也有因為付出注意力而「體貼」的意思。

其他說法

A You're so attentive.
（你真體貼。）

使用率

➡ 讚美對方「很關心別人」。

19.0%

B Thank you, you're so thoughtful.
（謝謝你，你真體貼。）

使用率

➡ 表示「很會為人著想」的意思。

9.5%

C You're so sensible.
（你真懂得待人處事。）

使用率

➡ 表示「能意識到社會生活中的事理」。

9.5%

D You're tactful.
（你真得體。）

使用率

➡ 表示「懂得如何不冒犯別人」。

4.8%

　　另外，**thoughtful [B]** 則是表示「體貼的，考慮周到的」。雖然實際使用率較低，但也是表達「貼心」時會使用的詞彙。

　　同樣使用率較低的 **sensible [C]**「明白事理的」和 **tactful [D]**「得體的」，也可以用來稱讚對方能為別人設想。不過，還是要考慮在哪方面為人設想，依照狀況選用適合的單字，才能做出恰當的表達。

2-18.mp3

加油
（為人打氣的時候）

Good luck with your exam.

（祝你考試順利。）

慣用句使用率

74.1%

加油打氣都用 Good luck 表達！

　　加油打氣的說法中，佔壓倒性多數的，是我們也很熟悉的 **Good luck**。要具體表示祝哪方面好運，則可以把事情的名稱接在 with 或 on 的後面。

　　接下來的 **You can do it.** [A] 是在比賽或發表簡報前之類的情況，對於即將上場面對挑戰的人，鼓勵對方「你做得到」的一句話。

　　Break a leg! [B] 字面上是「把腿弄斷」，實際上則是「祝你好運」的意思。原本是在登台表演前祝福演員演出順利的一句話，後來才廣泛運

其他說法

A You can do it.
（你辦得到的。）

➡ 對緊張的人表達「沒問題的」的感覺。

使用率
14.1%

B Break a leg!
（祝你好運！）

➡ 和 Good luck! 同樣的意思。

使用率
4.1%

C Keep it up!
（繼續加油！）

➡ 對於目前事情進展順利的人所說的話。

使用率
4.1%

D Keep up the good work.
（做得很好，繼續保持。）

➡ 誇獎對方，並表示「期待今後的表現」的意思。

使用率
3.5%

用在一般場合中。

Keep it up! [C] 是「繼續保持」的意思，對於進展順利的人，可以用這句話表示「維持這個狀態繼續加油！」。舉例來說，當一個人身上慢慢展現出鍛鍊肌肉的成果時，就可以對他說這句話。

順便提一下 Do your best! 這句話。這是表達「儘管不知道結果會如何，但還是要儘可能努力」的意思。在本書參考的語料庫中，只有 You do your best. 和 Just do your best. 這兩個例子。母語人士似乎不太常使用這個說法。

2-19.mp3

別緊張
（請對方放鬆的時候）

第1名

Relax.
（放輕鬆。）

慣用句使用率

59.4%

對於「緊張」，用相反的「放鬆」來安撫！

對於處於緊張狀態的人，想表達「不要緊張」的時候，最常說的就是 **Relax.**。雖然「不要緊張」的直譯 **Don't be nervous.** [**C**] 也會使用，但頻率相當低。在英語中，似乎比較常說 Relax.「放輕鬆」，用另一個角度來表達。在使用 Relax 的例子中，有四分之一是像 Just relax. 或 You can relax. 一樣，搭配其他單字使用。

表示「冷靜下來」的 **Calm down.** [**A**]，以及「放輕鬆」的 **Take it easy.** [**B**]，也是用來緩和對方緊張情緒的說法。和 Relax. 一樣，通常都

其他說法

A Calm down.
（冷靜。）

➡ 要對方「冷靜下來」的意思。

使用率
26.7%

B Take it easy.
（放輕鬆。）

➡ 「用輕鬆的心情對待」的意思。

使用率
11.9%

C Don't be nervous.
（別緊張。）

➡ 請對方不要緊張的直接說法。

使用率
1.7%

D Ease up!
（放鬆！）

➡ 「放鬆壓力」的語感。

使用率
0.3%

會在前面加上 Just、OK 或 All right 等其他的詞語來使用。

最後的 **ease up** [**D**] 是「放鬆」的意思，雖然使用頻率並不高，但祈使句的用法基本上是「放鬆感受到的壓力」→「放輕鬆」的意思。

2-20.mp3

一起去（〜）吧
（邀約的時候）

第 **1** 名

Let's go to that new restaurant!

（我們去那間新的餐廳吧！）

慣用句使用率

65.1%

（ 「一起去（〜）吧」最常用的說法還是 Let's go 〜！ ）

　　邀約對方「我們一起去吧」的典型說法，果然還是 **Let's go** 〜。說到邀約，或許也有人會想到 **Why don't we 〜？** [**D**]。在表達自己和對方「一起做〜吧」的時候，可以用這個說法代替 Let's。在本書參考的資料庫中，Why don't we 的使用率之所以不太高，或許是因為 **Let's** 感覺上比較積極邀約對方吧。

　　使用率第二高的是使用 want to 〜「想要做〜」的說法。want to 〜可以用 **Do you want to go** *doing*？[**A**] 的形式，邀約別人「想不想去

其他說法

A **Do you want to go** skiing with us?
（你想要跟我們一起去滑雪嗎？）

使用率

19.8%

➡ 用 want to ～「想要做～」提出邀約。

B We should go to that newly-opened café.
（我們應該去那間新開的咖啡廳。）

使用率

8.5%

➡ 用 should「應該～」提出邀約。

C Would you like to go strawberry picking?
（你想要去採草莓嗎？）

使用率

3.8%

➡ 禮貌地詢問對方的意願。

D Why don't we go to the music festival?
（我們何不去參加音樂節呢？）

使用率

2.8%

➡ 「我們何不做～呢」，像是提議般的邀約。

做～？」。如果要用比較輕鬆的口吻邀約，通常會說 Do you wanna go?。比較禮貌的說法，則是 **Would you like to go ～ ?** [**C**]。

　　We should go ～ [**B**] 也是邀約對方的說法，表示「我們應該去～」→「我們一起去（～）吧」的意思。這裡的 should 表示不那麼直接的建議，「應該～比較好」的意思。因為這句話帶點強迫別人接受的感覺，所以前面加上 I think 或 Maybe 來緩和語氣的情況很常見。

2-21.mp3

需要幫忙嗎？
（想幫助別人的時候）

第**1**名

Can I help you with your proposal?

（我可以幫你準備提案嗎？）

慣用句使用率

60.0%

> 「提供協助」的說法中，**Can I ～？** 的使用範圍正在擴大！

　　要表達「需要幫忙嗎？」的時候，超過半數的情況是以 **Can I help you?** 表達。尤其是美國的日常對話，即使面對地位比較高的人，或者在正式場合中，也很常說 Can I ～？，使用範圍正在擴大中。不過，**May I help you?** [**A**] 這種禮貌的說法仍然有一定的使用率。這兩種說法也可以作為店員招呼客人的用語，相當於中文說「歡迎光臨」的感覺。

　　Need a hand? [**B**] 是 Do you need a hand? 經過省略的結果。a hand 是「小小的幫忙」的意思，想要輕鬆隨意地表達「需要幫忙嗎？」

其他說法

A May I help you?
（我可以幫忙嗎？）

→ 禮貌地表達「幫忙」的意願。

使用率

35.6%

B Need a hand?
（需要幫忙嗎？）

→ 輕鬆隨意的語氣。

使用率

2.2%

C Would you like me to bring you some water?
（需要我幫你拿點水嗎？）

→ 禮貌地提供協助。

使用率

1.1%

D Shall I help you?
（需要我幫忙嗎？）

→ 聽起來正式而慎重。

使用率

1.1%

的時候，就可以使用這個說法。

　　Would you like me to ～ ? [**C**] 是 Do you want me to ～？比較禮貌的說法，表示希望為對方做些什麼。不過，在美國，要表達「我幫你做～吧？」的時候，比較常用 Do you want me to ～？來表達。

　　Shall I ～ ? [**D**] 同樣是表達協助意願的說法，但對母語人士而言，聽起來非常正式而且慎重。

閒聊的英語反而比較難？

　　「英語會話」大致上可以分為兩種。一種是沒什麼計畫性的日常對話，也就是閒聊。另一種則是經過準備，講述有條理的內容，也就是簡報、演講等等。

　　即使對於簡報和演講有自信，但對於「沒有特別目的的對話」和「隨意閒聊」卻感覺很困難，有這種情況的人出乎意料地多。

　　原因在於，這類會話使用的英語和在學校所學的不同，是非常口語的說法。而且，在談話的過程中，也很容易聊到超出預期的方向。尤其在英語國家當地（美國等等），「閒聊」是需要背景知識的，如此一來就容易發生不太了解對方提到的話題、誤解意思、對方聽不懂自己所說的內容……之類的情況。

　　為了能夠有自信地進行這種「閒聊」，首先最重要的就是不要放棄與對方對話。而對於突然談到某個話題的情況，學會能夠應付的技巧（反問、確認、換句話說），也是非常重要的。在本書中，就收錄了許多能發揮這些技巧的句子，請把這些句子記起來，提升自己閒聊的功力吧。

Part 3

問候、回應
的說法

問候和回應，都需要當下的即時反應能力。
只要記得母語人士使用率第一名的說法，
臨時需要時就不用煩惱了。
如果把其他排名前幾名的說法也學起來，
並且依照場合適當選用，就沒什麼好怕的了！

3-01.mp3

很高興見到你
（初次見面的問候）

第1名

Nice to meet you.
（很高興見到你。）

慣用句使用率

77.5%

> 初次見面的典型說法，果然還是 Nice to meet you.！

　　在初次見面的問候中，**Nice to meet you.** 佔壓倒性的多數。無論何時何地、對象是誰，都可以這麼說，適用範圍非常廣泛。要強調見到面的高興程度，加上 so 的 So nice to meet you. 是最常用的說法。如果要表達「很高興終於見到面了」，則會使用 finally，說法是 It's nice to finally meet you.。請注意 finally 的位置。

　　用 good 代替 nice 的 **Good to meet you. [C]**，也是非正式場合可以使用的說法。在初次見面的問候中，nice 和 good 的使用頻率較高，其他

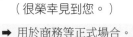

其他說法

A It's a pleasure to meet you.
（很榮幸見到您。）

➡ 用於商務等正式場合。

使用率
8.1%

B I'm pleased to finally meet you in person.
（我很高興終於當面見到您了。）

➡ 同樣用於正式的場合。

使用率
7.1%

C Good to meet you.
（很高興見到你。）

➡ 用於非正式的場合。

使用率
5.7%

D It's an honor to meet you.
（很榮幸見到您。）

➡ 用來向對方表示敬意。

使用率
1.4%

還有 great、happy、lovely 等等。不知道該選擇什麼說法的話，說 Nice to meet you. 就行了。

如果要在表現正式感的同時，傳達見到面的喜悅之情，則經常會以使用 pleasure、pleased 的 **It's a pleasure to meet you.** [**A**] 和 **I'm pleased to meet you.** [**B**] 來表達。

至於和名人或愛慕的明星見面，這種能見到面就感覺很榮幸的情況，則會使用 an honor，說法是 **It's an honor to meet you.** [**D**]。

3-02.mp3

你來啦
（對來訪者的問候語）

There you are.
（你來啦。）

慣用句使用率

77.1%

「你來啦」的第一名竟然是 There you are. ！

　　對於來客的問候語，最常見的竟然是 **There you are.**。在本書所參考的語料庫中，佔了將近 8 成。這句話能表達「你總算來了」這種期待的心情。這個非常道地的說法，也可以用在把東西拿給別人的時候，使用範圍非常廣。

　　I'm glad you came. [**A**] 是直白地表達自己高興的心情，聽起來感覺偏正式。正式程度更高，在商務場合迎接來客時會使用的，則是 **We've been expecting you.** [**C**]。請注意主詞是 We，感覺像是公司全體或所有

其他說法

A I'm glad you came.
（我很高興你來。）

➡ 直接表達喜悅的心情。

使用率
10.0%

B We've been waiting for you.
（我們一直在等你。）

➡ 要注意說這句話的方式。

使用率
7.1%

C We've been expecting you.
（我們一直期盼您到來。）

➡ 用於正式場合。

使用率
2.9%

D You came!
（你來啦！）

➡ 對關係親近的人使用。

使用率
2.9%

負責的人都在期待的意思。當然，也可以用於商務場合以外的情境。

　　如果用中文思考的話，可能會說 **We've been waiting for you.** [**B**]，但使用時要稍微注意。因為是「一直在等你」的意思，所以搭配特定的說話語調和表情，有可能流露出「你太慢了」、「你讓我等很久」的感覺。帶著笑容，用 Welcome 的感覺說這句話，是表達得體的訣竅。

　　最後的 **You came!** [**D**] 是直接表達「你來啦」的說法，用於關係親近的對象。

3-03.mp3

好久不見
（久別重逢的問候語）

第 1 名

It's been a long time.
（好久不見。）

慣用句使用率

41.2%

在非正式的場合，也很常說 Long time no see. ！

表達「好久不見」的說法中，**It's been a long time.** 和 **It's been a while.** [Ⓐ] 的使用率幾乎相同。這裡的 It's 是從 It has 縮減而來的。一般而言，在這句話之後，會接著說 How've your been?「你過得怎樣？」。這兩種說法在朋友之間以及正式的場合都可以使用。

Long time no see. [Ⓑ] 是非正式場合常聽到的典型說法，有一說是過去移民美國的華人將華語直接翻譯成英語，才產生了這個說法。除了文法上不算正確以外，也有可能讓人感覺過度親密，所以對於地位較高的人

其他說法

A It's been a while.
（有一陣子沒見了。）

使用率

➡ 和 It's been a long time. 幾乎是一樣的意思。 39.2%

B Long time no see.
（好久不見。）

使用率

➡ 雖然以文法而言並不正確，但用於朋友之間是 OK 的。 11.8%

C It's been forever since we last met.
（距離我們上次見面已經過了好久。）

使用率

➡ 「真的非常久沒見面」的意思。 3.9%

D It's been ages.
（真的好久不見了。）

使用率

➡ 和 It's been forever. 幾乎是一樣的意思。 3.9%

或者商務往來的對象，最好不要使用這個說法。

It's been forever. [C] 和 It's been ages. [D] 的使用率幾乎相同。不論是 forever 或者 ages，都是「很久的時間」的誇張說法，語感上接近「真的很久不見了」的感覺。

另外，無論是哪一種說法，都可以用 since「自從～」具體表達是從哪時候開始沒見面的，可以說 since we last met「自從我們上次見面之後」、since we last talked「自從我們上次談話之後」等。

3-04.mp3

最近好嗎？
（詢問對方近況的時候）

第1名

What's up?
（最近怎麼樣？）

慣用句使用率

64.5%

打招呼最常用的是 What's up？！

　　會話開頭想表達「最近怎麼樣？」的時候，最常用的說法是 **What's up?**。但有趣的是，在英國不太使用這個說法。可以注意到實際上經常會說 What's up, ***?，後面接表示「朋友、夥伴」的 sis, bro, buddy 等等。不過，因為是非常口語的說法，只限用於親近的對象，所以對學習者而言，或許用 How are you doing? 比較安全。

　　使用率第二名是 **How's it going?** [Ⓐ]。這裡的 it 是指對方所處的狀況。這個說法也一樣，後面常常加上 man 或 buddy，在澳洲則會加上

其他說法

A How's it going?
（最近怎麼樣？）

➡ it「它」＝詢問「所處的狀況」。

使用率
18.3%

B How are you doing?
（你好嗎？）

➡ 詢問對方的身體或日常生活的情況。

使用率
7.4%

C What's happening?
（最近怎麼樣？）

➡ 詢問「生活周遭發生的事」。

使用率
6.9%

D What's new?
（最近怎麼樣？）

➡ 字面上是「有什麼新鮮事嗎？」的意思。

使用率
2.9%

---

mate，是十分輕鬆隨意的打招呼方式。

How are you doing? [**B**] 和 **What's happening?** [**C**] 的使用率比較低，但兩者相差不多。前者在說的時候，通常會縮短成 How're you doin'。另外，有些人說 How are you? 太正式又嚴肅，但它的使用頻率和 **What's new?** [**D**] 差不多，而且在輕鬆的日常情況也是可以使用的。

3-05.mp3

我很好
（回答自己的狀況）

第 1 名

I'm fine.
（我很好。）

慣用句使用率

67.5%

> 表示「我很好」的說法，最常用的竟然是 I'm fine.！

常聽到一種說法，就是對於打招呼的問句 How are you? 或 How are you doing?，很少會使用 I'm fine. 來回答。但在本書所參考的語料庫中，**I'm fine.** 卻是使用率最高的。不過，I'm fine, thank you. And you? 這種似乎很典型的回答模式，在語料庫中的確沒有出現。

接下來的 **I'm okay.** [A] 表示「還算可以」的意思，在表達狀況不好也不壞的時候經常使用。而我們經常掛在嘴上的 So-so.，在這個情境中幾乎不會使用。

其他說法

A I'm okay.
（還可以。）

➡ 不好不壞的意思。

使用率

23.8%

B I'm great.
（非常好。）

➡ 用在狀況非常好的時候。

使用率

4.2%

C I'm cool.
（我很好。）

➡ 年輕人使用的說法。

使用率

3.4%

D Not bad.
（還不錯。）

➡ 表示「挺好的」。

使用率

1.1%

　　其他像是 Good. 或者 I'm good. 雖然也可以，但在本書參考的語料庫中，大家使用的是 **I'm great.** [**B**]。美國人似乎很喜歡 great 這個單字，美國前總統川普也曾經以 "Make America Great Again." 作為競選口號。

　　I'm cool. [**C**] 的 cool 和 fine 一樣有「好」的意思，這是年輕世代偏好的通俗說法。

　　Not bad. [**D**] 字面上是「不差」的意思，但在英語中，其實帶有「還不錯」、「挺好的」等正面的語感。

3-06.mp3

我很緊張
（感到擔憂的時候）

第 1 名

I'm scared of the contest tomorrow.
（我很害怕明天的比賽。）

慣用句使用率

37.1%

程度較高的緊張感，用 I'm scared 表達！

　　表達「緊張」時，隨著緊張的程度與狀況的不同，有各種不同的說法。擔心程度較高時，容易導致「恐懼感」，所以會用 **I'm scared** 表達。I'm scared 後面會接 of，例如 I'm scared of heights.「我怕高」。

　　I'm worried [A] 可以表示因為「擔心」而緊張，常見的句型有 I'm kind of worried about ～、I'm really worried about ～ 等等。在本書所參考的語料庫中，雖然也有感覺比較正式的 I'm concerned，但 I'm worried 的使用率比較高。

A I'm worried about having motion sickness.

（我很擔心暈車。）

使用率

28.6%

➡ 因「擔心」而緊張。

B I'm excited to have a kitten.

（要養小貓讓我很興奮。）

使用率

14.3%

➡ 因為「興奮」而緊張。

C I'm nervous about making a speech.

（我對演講感到緊張。）

使用率

11.4%

➡ 「內心忐忑」的緊張。

D I'm anxious about the results of my checkup.

（我很擔心健康檢查的結果。）

使用率

8.6%

➡ 因為「焦慮」而緊張。

I'm excited [B] 可以表示因為「興奮」而緊張，一般使用的句型有 I'm excited about ～、I'm excited for ～、I'm excited to *do* 等等。

I'm anxious [D] 和 I'm very worried 是同樣的意思，但擔心的程度較強，表示「焦慮」，後面幾乎都會接 about 或 for。如同這些例子所示，雖然都是「緊張」，但也有各種不同狀況的區分，所以應該依照場合使用適當的表達方式。

不太好
（心情或身體狀況不好的時候）

第1名

Not good.
（我狀況不好。）

慣用句使用率

56.4%

> 身體狀況不好，就用 Not good. 回應！

當別人用 How do you feel? / How are you feeling?「你感覺怎麼樣？」詢問身體狀況時，如果要回答狀況不好的話，直接回答 **Not good.** 的情況佔壓倒性多數。然後，通常會加上 I think I should get some rest.「我想我應該休息一下」之類的補充說明。

雖然常有人使用以 sick 表達的 I'm sick.，但意思是身體狀況差到要跟公司或學校請假的程度，所以一般「感覺不太舒服」或「身體狀況不太好」的情況，不會使用這個說法。

A I'm not well.
（我不舒服。）

➡ well 也可以表示「健康的」。

使用率
20.5%

B I'm in bad shape.
（我的健康狀況很差。）

➡ 這裡的 shape 是「健康狀況」的意思。

使用率
12.8%

C Could be better.
（不太好。）

➡ 「應該要比現在更好」的意思。

使用率
7.7%

D Not so great.
（不太好。）

➡ 加上 so，讓語氣顯得不那麼強烈。

使用率
2.6%

其他表達「身體不舒服」的說法，還有 **I'm not well.** [**A**]。在美式英語中，特別常用 well 表示「健康的」。

shape 從「形狀」衍生出「身體狀況」的意思，所以 **in bad shape** [**B**] 是「身體狀況不好」，in good shape 是「身體狀況好」的意思。

最後要說明 How do you feel? 和 How are you feeling? 的差異。前者是在不知道對方身體狀況的情況下，詢問狀況好壞，而後者則通常是已知對方狀況不好，而關心對方現在狀況變得如何。

Part **3** 問候、回應的說法 — **07** 不太好（心情或身體狀況不好的時候）

3-08.mp3

你看起來很健康
（對方身體狀況似乎不錯的時候）

第1名

You look great.
（你看起來很好。）

慣用句使用率

60.7%

表達對方看起來的狀態，一定會用到 You look ～！

　　對於身體狀況看起來不錯的人，用 **You look great.** 和 **You look good.** [**A**] 表達的情況佔絕大多數。其他表達方式也用了 You look ～「你看起來～」，這一點很引人注目。要強調「相當好」的話，請記得可以像 pretty good 一樣，搭配 pretty「相當」使用。

　　You look fine. [**B**] 的 fine 除了表示「（人）健康，感覺舒服」以外，也常用來表示「不錯，沒有問題」的意思。請看例句。

其他說法

A **You look pretty good.**
（你看起來不錯。）

➡ good 很適合搭配 pretty 使用。

使用率
22.6%

B **You look just fine.**
（你看起來氣色不錯。）

➡ 「健康狀態不錯」的意思。

使用率
7.1%

C **You haven't changed.**
（你都沒變。）

➡ 用來表達「外表沒有改變」。

使用率
6.0%

D **You look well today.**
（你今天看起來很健康。）

➡ well 可以表示「健康的」。

使用率
3.6%

A: I've put on some weight.「我胖了一些。」

B: Don't worry. You look just fine.「別擔心，你看起來不錯。」

You haven't changed. [**C**] 表示外表看起來沒有改變。因為是現在完成式，所以是「從過去見面之後一直到現在，經過這段時間也沒有改變」的意思。

You look well. [**D**] 的 well 也有「身體狀況良好，氣色很好」的意思，如果說 You don't look well. 則是「你看起來氣色不好」的意思。

再見
（道別的時候）

3-09.mp3

第1名

Goodbye.
（再見。）

慣用句使用率

46.9%

> 道別的時候，果然還是會說 Goodbye. ！

　　道別說「再見」的表達方式中，**Goodbye.** 佔多數，大約是一半。而和中文「下次見」接近的表達方式，則是 **See you later.** [Ⓐ]。有些人會說成 See you after.，但這樣說是錯誤的，敬請注意。順道一提，See you again. 的意思是「希望以後還有機會見面」，表示目前覺得應該沒什麼機會再見面，所以道別時要小心使用這句話。

　　接下來的 **I'll miss you.** [Ⓑ] 是對之後無法再見面的人表達寂寞之情的一句話。如果想要更有感情，可以加上 really，變成 I'll really miss

A See you later.
（下次見。）

→ 以後會再見面的情況。

使用率
27.4%

B I'll miss you.
（我會想念你的。）

→ 可能無法再見面的情況。

使用率
15.3%

C Take care.
（保重。）

→ 對於親近的人，比較輕鬆日常的口吻。

使用率
7.0%

D See you around.
（有機會再見囉。）

→ 「說不定會再次遇見」的感覺。

使用率
3.5%

you. 。

　　Take care. [C] 也有「再見」的意味，可以在道別時使用。另外，也有在前面加上 You，說成 You take care. 的例子。

　　See you around. [D] 因為用了表示「在…周圍」的 around，所以有「在附近再次遇見」的意味，就是雖然沒有特別約定見面，但說不定會再次遇到的感覺。

3-10.mp3

謝謝
（表達感謝的時候）

第 1 名

Thank you for coming.
（謝謝你來。）

慣用句使用率

56.6%

感謝果然還是由 Thank you 和 Thanks 包辦！

在日常會話中，表達感謝時最常用的說法是 **Thank you**，省略的形式 **Thanks** [Ⓐ] 也很常用，兩者的使用率幾乎佔了所有例子中的全部。要表達具體來說是感謝什麼的話，這兩個說法後面都可以加上「for＋名詞（動名詞）」來說明，例如 Thank you / Thanks for tweeting my video.「謝謝你在推特貼出我的影片」。表示強調時，常見的說法有 Thank you so much 和 Thanks a lot。另外，Thanks 後面加上人名或 man / Dad / Mom 等等的情況也很常見。

其他說法

A Thanks for your advice.

（謝謝你的建議。）

➡ 在非正式場合表達謝意的說法。

使用率

42.3%

B I appreciate your cooperation.

（我很感謝你的協助。）

➡ 感覺正式的說法。

使用率
0.7%

C I owe you.

（我欠你一個人情。）

➡ 「感謝對方的恩情」的意思。

使用率

0.2%

D You really helped me when I was in trouble.

（在我遇到麻煩的時候，你真的幫了我的忙。）

➡ 具體陳述事實。

使用率
0.1%

　　I appreciate ～ [**B**] 聽起來很正式，但即使是非正式的場合，也常會連著說 Thanks. I appreciate it. 來表達感謝，這樣的說法會讓人感覺很好。

　　I owe you. [**C**] 也可以說成 I owe you one.，例如勉強對方接受了自己的請求，或者對方為自己做了什麼事，都可以用這句話表示「我欠你一個人情」。

　　You helped me when ～ [**D**] 表示「你在～的時候幫了我」，是陳述具體事實的說法。

3-11.mp3

不客氣
（別人感謝自己的時候）

You're welcome.
（不客氣。）

慣用句使用率

50.4%

回應他人的感謝，果然還是最常說 You're welcome. ！

有些人說，用 **You're welcome.** 回應別人的道謝，會感覺太正式、太有禮貌。然而，在本書所參考的語料庫中，即使是一般的日常情境，這也是最常用的說法。雖然聽起來確實有禮貌、正式的感覺，卻是回應別人的感謝時最一般的表達方式。如果再加上 so、very 或 more than，說成 You're so/very/more than welcome. 的話，就可以表現出「你太客氣了」的感覺，是很能讓人感受到心意的說法。

使用率次高的是 **No problem.** [A]，和 You're welcome. 比起來，感

其他說法

A No problem.
（沒問題。）

➡ 用輕鬆的語氣回應的說法。

使用率
34.9%

B My pleasure.
（這是我的榮幸。）

➡ 用於商務之類的正式場合。

使用率
11.5%

C Don't mention it.
（不用謝。）

➡ 聽起來稍微有點正式的感覺。

使用率
1.7%

D It's okay.
（沒關係。）

➡ 想要用輕鬆休閒的語氣回應的時候。

使用率
1.2%

覺較為輕鬆休閒。除了用來回應別人的道謝以外，也可以回應別人的道歉或請求，用途相當廣泛。

　　如果是稍微正式一些的場合，就是 **My pleasure.** [B] 派上用場的時候了，在商務之類的正式場合很常用。如果說 It's my pleasure.，會顯得更有禮貌。**Don't mention it.** [C] 字面上的意思是「別提那個」，也就是「不需要謝我」的意思。想要很輕鬆地回應的話，**It's okay.** [D] 是很方便的說法。順道一提，雖然不在排行榜上，但 Anytime. 和 Not at all. 也有人使用。

3-12.mp3

對不起
（道歉的時候）

I'm sorry I'm late.
（抱歉我遲到了。）

慣用句使用率

98.1%

> **道歉時，I'm sorry 果然還是王道！**

　　道歉時最最基本的說法就是 **I'm sorry**。從統計資料的結果來看，使用率也是一枝獨秀，幾乎到了只會使用這個說法的程度。除了像上面的例子一樣，在後面接句子以外，也有「I'm sorry for＋名詞」和 I'm sorry to *do* 的句型，例如 I'm sorry for the mistake.「我為那個錯誤感到抱歉」、I'm sorry to keep you waiting.「很抱歉讓你一直等」。另外，如果是輕鬆隨意的對話，有時也會省略 I'm。

　　要注意的是，如果把句尾的音調上揚，變成 I'm sorry? 的話，就會變

A It's my fault.
（是我的錯。）

使用率

➡ 表達「錯在自己」的說法。

1.3%

B I apologize for the inconvenience.
（很抱歉造成不便。）

使用率

➡ 想要感覺稍微正式一點的說法。

0.4%

C I was so stupid.
（我真笨。）

使用率

➡ 表達「自己很愚蠢」的說法。

0.2%

D I was out of my mind.
（我當時腦子不清楚。）

使用率

➡ 表示「不是正常的精神狀態」的意思。

0.1%

成反問對方「你剛才說什麼？」的意思。

I apologize [**B**] 的語氣較為正式，聽起來比較有禮貌。使用「I apologize for＋名詞（動名詞）」的形式，具體表示要道歉的事情。

It's my fault. [**A**] 表示「是我的錯」，用來承認自己的錯誤。**I was so stupid.** [**C**] 是在道歉時表達自己很愚蠢的意思。**I was out of my mind.** [**D**] 表示「我是瘋了才會做那種事」→「對不起」。請依照狀況選用適當的表達方式。

3-13.mp3

沒關係
（接受道歉的時候）

第**1**名 Forget it.
（沒關係。）

慣用句使用率

33.9%

> 注意不能說成 Don't mind. ！

　　Forget it. 是在對方道謝或道歉時，爽快地向對方表示「忘了吧」→「你不用放在心上」的意思。forget 的 t 發音會變輕，有點像是 [l] 音的感覺。

　　請注意 **It's okay.** [Ⓐ] 這個句子。在「不客氣」（→P125）的單元也出現過這個說法，但也可以在別人說 Thank you. 或 Sorry. 的時候回這句話。雖然是很簡單的句子，適用範圍卻很廣。

　　再來是很容易說錯的 **Never mind.** [Ⓑ]。常常會有人說成 Don't

其他說法

A It's okay.
（沒關係。）

➡ 別人說 Sorry. 的時候，可以馬上回這一句。

使用率

22.7%

B Never mind.
（別在意。）

➡ 安慰並鼓勵對方的說法。

使用率

21.6%

C That's all right.
（沒關係。）

➡「我沒有關係，所以你放心吧」的語感。

使用率

18.7%

D Apology accepted.
（我接受你的道歉。）

➡「既然你道歉了，我就原諒你」的意思。

使用率

3.2%

---

mind.，但這樣說可能會被理解為 I don't mind.「我不在意」的省略形，或者 Don't mind me.「不要在意我」的意思，所以要特別注意。請記得要說 Never mind. 才對。

使用 apology「道歉」的 **Apology accepted.** [D]，是 Your apology is accepted.「你的道歉被接受了」的簡略說法。這句話是表示「因為我接受了你的道歉，所以沒關係了」，也就是接受對方道歉的意思。

3-14.mp3

不好意思
（要呼喚別人的時候）

第1名

Excuse me, can I have a menu?

（不好意思，可以給我菜單嗎？）

慣用句使用率

62.2%

┌─────────────────────────────────────┐
Excuse me. 果然是呼喚別人的說法第一名！
└─────────────────────────────────────┘

　　想要向別人搭話的時候，中文會說「那個，不好意思」，在英語則大多會說 **Excuse me**。包括問路，以及在擁擠的人群中請人借過等等，在各種場合中，這句話都是呼喚別人的典型說法。在平常對話時，聽起來會有點像是「Scuse me」。另外，Sorry. 和 I'm sorry. 則是道歉賠罪的意思，請注意不能用來呼喚別人。

　　Hello? [A] 也是很常用的說法。不論何時何地、面對什麼人，都可以輕鬆使用這個說法。

其他說法

A Hello? Is someone out there?

（哈囉？有人在嗎？）

使用率

→ 隨口叫喚的說法。

30.9%

B Sir/Ma'am? You dropped your handkerchief.

（先生／女士，你的手帕掉了。）

使用率

→ 向對方表示敬意的說法。

5.2%

C May I?

（可以打擾一下嗎？）

使用率

→ 禮貌地向對方請求許可的語氣。

1.0%

D Sorry to bother you.

（抱歉打擾你。）

使用率

→ 「抱歉造成你的麻煩」的語氣。

0.7%

Sir 和 **Ma'am [B]** 是對於不知姓名的較年長者使用的敬稱。但對於女性而言，有些人會認為「Ma'am＝大嬸」，被這樣叫的時候會覺得不高興。所以，如果知道名字就叫名字，而不知道名字的時候，說 Excuse me. 或 Hello? 比較安全。另外，在本書所參考的語料庫中，也有像 Um, excuse me, sir? 一樣，搭配 excuse me 或 hello 一起使用的例子。

May I? [C] 是 May I speak to you for a moment?「我可以跟您談一下嗎？」的省略形，是相當禮貌的說法。

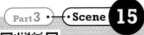

3-15.mp3

～對嗎？
（確認的時候）

The theme park opens at 10, right?

（主題樂園 10 點開門，對嗎？）

慣用句使用率 **43.0%**

close

(附加問句實際上不是很常用！)

　「～對嗎？」之類在句尾向對方確認的表達方式中，最常用的是 ～, **right?**，而 ～, **okay?** [Ⓐ] 的使用率也很高。在會話中，確實將這個部分的音調提高，就能傳達確認的語氣。

　接下來是附加問句 [Ⓑ]。附加問句會隨著主詞與動詞而有不同的形式，這裡統計的是各種形式合計的使用率。在表示確認的時候，句尾的音調會提高。如果音調下降的話，會變成尋求對方同意的語氣，要特別注意。另外，雖然有女性比較常用附加問句這個說法，但近年已經沒有什麼

其他說法

A Don't forget to text me later, okay?

（別忘了待會傳訊息給我，好嗎？）

使用率

➡ 「可以嗎？」的意思。

33.7%

B You live alone, don't you?

（你一個人住，不是嗎？）

使用率

➡ 在學校一定會學到的「確認」句型。

18.0%

C We met for the first time a year ago today, remember?

（我們一年前的今天初次見面，記得嗎？）

使用率

➡ 表達「你記得嗎？」的說法。

4.8%

D There's no easy money, don't you think?

（世界上沒有輕鬆賺的錢，你不認為嗎？）

使用率

➡ 尋求對方「同意」的說法。

0.5%

性別差異，男性也一樣會使用附加問句。附加問句的實際使用率，似乎比不上 ～, right? 和 ～, okay?，或許是因為字數比較多，所以讓人覺得麻煩吧。母語人士似乎偏好比較簡短的語句。

　　～, remember? [**C**] 是確認對方是否記得的表達方式。～, don't you think? [**D**] 則是以「你不認為嗎？」尋求對方的認同，但隨著說話語氣的不同，也有可能產生硬要對方認同的印象。

我懂
（有同感的時候）

第1名

I know.
（我懂。）

慣用句使用率

69.8%

> ## 表示同感就說 I know. ！

　　要表達「我懂你所說的」，顯示自己有同感時，最常用的說法是 I know.。雖然很簡單，卻有可能一時想不到這個用法。但請注意，如果 know 的發音沒有加重或拉長，就無法傳達自己同感的心情了。如果把 I 的發音加重的話，則會變成想到一個好主意，或者想到答案時那種「我知道了！」的意思。

　　要表示理解對方說的話所蘊含的意思，I know what you mean. [A] 是最貼切的說法。

其他說法

A I know what you mean.
（我懂你的意思。）

→ 表示「我明白你所說的」。

使用率
19.6%

B Same here.
（我也是。）

→ 表示「我也一樣」。

使用率
6.1%

C That happened to me, too.
（我也發生過那種事。）

→ 表示「那種事也曾發生在我身上」。

使用率
2.8%

D I was there.
（我也有那種經驗。）

→ 表示「我經歷過同樣的事」。

使用率
1.7%

表示「我也一樣」的 **Same here.** [B]，以及聽到別人的遭遇時，表示「我也發生過那種事」的 That **happened to me**(, too.) [C]，也是可以用來表達同感的說法。

I was there. [D] 字面上的意義是「我曾經在那裡」，以此比喻「我也有那種經驗」，意思是「因為我有相同的經驗，所以我很了解你所說的」，是很道地的英語表達方式。現在完成式 I've been there. 和省略形 Been there. 也是一樣的意思。

3-17.mp3

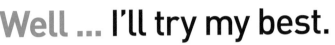

嗯…
（思考該怎麼說的時候）

第1名 Well ... I'll try my best.
（嗯…我會盡全力的。）

慣用句使用率

69.6%

> 思考該怎麼說的時候，最常說 Well... ！

　　一時不知道該怎麼說，要表示「嗯…」的感覺時，**Well...** 果然還是最常用的說法。在英語圈的文化中，在一起的時候是不能保持沉默的。不能安安靜靜地對彼此微笑就好，一定要說些什麼才行。這時候非常好用的說法就是 Well...。

　　Um... [A] 的使用率也很高，在句子中途使用也 OK。母語人士在想不到如何表達時，幾乎都是用以上這兩個說法帶過。

　　Hmm... [B] 是在對方發言或提出疑問之後，顯示自己需要思考一下

其他說法

A **Um...** what did you say?
（嗯…你說什麼？）

➡ 有點遲疑的感覺。

使用率
22.0%

B **Hmm...** I think you made a point.
（嗯…我認為你說的有道理。）

➡ 「正在思考」的感覺。

使用率
7.5%

C **Let me see...** I suppose plan C might work.
（我想想…我覺得 C 計畫可能有效。）

➡ 無法馬上回答時，延長時間的說法。

使用率
0.4%

D **Let's say...** How about at eight?
（那麼…八點怎麼樣？）

➡ 有點委婉地提出假設的建議。

使用率
0.4%

的說法。

在英語會話書中經常出現的 **Let me see...** [**C**] 是「讓我想想…」的意思。在本書所參考的語料庫中，雖然使用率並不高，但在突然被問問題而無法馬上回答時，的確會用這個說法來延長時間。也可以用 think「想」，以 Let me think.「讓我想想」這樣的句子表達。

Let's say... [**D**] 是「比方說」的意思，主要用在決定時間或日期的時候，用這個說法表示某個時間「怎麼樣」，是比較委婉的提議方式。

3-18.mp3

你說得對
（表示理解的時候）

You're right.
（你說得對。）

慣用句使用率

55.8%

> 同意就用 You're right. 表達！

　　對於別人提出的建議等等，要表示同意的話，最常用的說法是 **You're right.**。You got that right. 和 That's right. 也是同樣的意思。

　　I get it. [Ⓐ] 可以在聽了對方的說明後，表示「我懂了」的意思。另外，過去式 I got it. 則是在別人對自己有所請求時，用來表示「我知道了，交給我」，或者在知道答案時，表示「我知道了」的意思。

　　I see. [Ⓑ] 的 see 是從「看見」→「頭腦能理解」引申出「明白」的意思，相當於了解狀況時那種「原來如此，是這樣啊」的感覺。

其他說法

A I get it.
（我懂了。）

➡ 「明白了對方的狀況」的感覺。

使用率
17.7%

B I see.
（我明白了。）

➡ 表示「了解情況」的意思。

使用率
12.7%

C I understand.
（我了解。）

➡ 向對方表示理解。

使用率
11.5%

D That makes sense.
（有道理。）

➡ 「你所說的很合理」的意思。

使用率
2.3%

　　I understand. [C] 是「我理解你的立場」的意思，表示能夠理解對方。

　　That makes sense. [D]「有道理」在本書所參考的語料庫中，使用率偏低，但仍然是會話中會用到的慣用句。make sense 表示「有意義」，而產生了「有道理」的意味。

3-19.mp3

然後呢？
（讓對方繼續說①）

第1名

Oh yeah?
（這樣啊？）

慣用句使用率

54.2%

> 「然後呢？」的意思，用口語的 Oh yeah? 表達！

　　表示自己在注意聽對方所說的話，並且讓對方繼續說的時候，**Oh yeah?**「這樣啊？」「是嗎？」是最常用的說法。不過，因為這是 Oh, yes? 相當口語的非正式說法，所以限定對關係親近的人或朋友使用，會比較安全。另外，如果提高聲調來加強語氣，就會變成「是嗎？」這種表示疑問與懷疑的意義，所以必須注意說的方式。

　　So what? [A] 有「那種事沒什麼大不了的吧」的感覺，但有時也會變成「所以你到底想說什麼？」這種逼問的語氣，可能會顯得好像要跟人

其他說法

A So what?
（所以呢？）

➡ 「不是什麼大不了的事吧」的感覺。

使用率

23.3%

B What else?
（還有呢？）

➡ 催促對方「再繼續說」的感覺。

使用率

12.8%

C Then what?
（然後呢？）

➡ 追問事情的後續發展。

使用率

7.0%

D And what?
（再來呢？）

➡ 直接問對方所想的事情的感覺。

使用率

2.6%

吵架的樣子。

　　What else? [**B**] 是 You know what else?「你還知道什麼？」或 What else do you have to say?「你還有什麼要說的？」縮短的說法，有催促對方說其他的事情，像是「還有呢？」的感覺。

　　Then what? [**C**]「然後呢？」是用來詢問事情的後續發展。在使用時，大多數的情況都會像 And then what?「那然後呢？」一樣，在前面加上 and。

3-20.mp3

真的嗎？
（讓對方繼續說②）

Really?
（真的嗎？）

慣用句使用率

74.0%

「真的嗎？」果然還是最常用 **Really?** 表達！

　　說到讓對方繼續說下去的表達方式，許多人都會想到 **Really?**。實際上，這也的確是確認對方所說的事情「真的嗎？」的固定說法。在說的時候，要帶有感情，詞尾聲調要提高。在本書所參考的語料庫中，經常搭配 Oh,，以 Oh, really? 的形式呈現。另外，聽到 Really?「真的嗎？」的時候，也經常用 Really.「真的」簡短地回答。

　　Are you kidding (me)? [**A**] 表示「你在（跟我）開玩笑嗎？」→「你是開玩笑的吧？」，當對方所說的話跟自己的認知完全相反時，就會

其他說法

A Are you kidding me?

（你在開玩笑嗎？）

➡ 「怎麼可能！真的嗎？」的感覺。

使用率

9.9%

B Are you sure?

（你確定嗎？）

➡ 確認對方所說的內容。

使用率

7.2%

C Seriously?

（認真的嗎？）

➡ 像是中文「真的假的？」這種感覺。

使用率

4.7%

D Are you serious?

（你是認真的嗎？）

➡ 「太驚訝了，不敢相信」的感覺。

使用率

4.2%

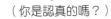

使用這個表達方式。

　　Are you sure? [**B**] 表示「你確定嗎？」，用來確認對方的說話內容。要強調「你真的完全確定嗎？」，則會說 Are you absolutely sure?。

　　serious 表示「認真的，不是開玩笑的」，所以 **Are you serious?** [**D**] 意指對方所說的像是假話，讓人難以相信。縮短的形式 **Seriously?** [**C**] 感覺比較像是「真的假的？」，常用於日常的輕鬆場合。

如何運用對話中途的「停頓」？

　　用英語對話時，除了不要破壞對話的節奏與自然的發展之外，適當運用停頓（pauses）也是很重要的。除了困惑與不知如何回答的情況以外，有時也可以自己刻意在對話中製造停頓。這種調整對話進行與發展方式的技巧，是讓對話更順暢的訣竅。

　　不知該如何回應時，可以試著使用以下的「填補詞」（fillers）。

▶不知該如何回應時：Well... / The thing is...

▶還在思考時：Let's see... / Let me see... / Let me think...

▶無法順利說下去時：err... / umm... / uh...

▶不太能具體說明或描述時：like... / It's a kind of...

　　另外，如果觀察日常生活中隨意的對話，會發現很常使用 I mean 和 you know 這兩個「填補詞」。前者是說話者努力繼續說明下去的情況，後者則不是詳細說明，而是向對方確認「你知道吧」，或者希望對方接著將對話進行下去。

　　除此之外，藉由反覆說出某個詞語來延長時間，也是很常見的停頓技巧。例如"Uh, well, I'm... I'm, you know, well, ... I'm really, uh, impressed with that..."這段話，反覆說出 I'm，就是一個典型的例子。

Part 4

只要記得這些就 OK！

基本必備短句

這個 Part 收集了「只要記得這些，
就可以運用在各種情況」的基本必備短句。
右頁提供兩段對話中的使用範例，
在學習的同時，也確認一下短句的使用場合吧！

4-01.mp3

可以打擾你一下嗎？

（有事要問對方的時候）

第1名

Do you have a minute?

（可以打擾你一下嗎？）

其他說法

You got a minute?
（可以打擾你一下嗎？）

「打擾一下」的意思，用 **a minute** 來表達！

　　有事要問對方，或者想請對方幫忙，要表達「可以打擾你一下嗎？」「你有時間嗎？」的時候，在各種說法當中，**Do you have a minute?** 是最常用的。a minute 是「一分鐘」的意思，意味著「短暫的時間」。一般而言，通常會用 Excuse me 開頭，說法是 Excuse me, do you have a minute?「不好意思，可以打擾你一下嗎？」。

　　省略了 Do 的 You have a minute?，以及比較口語的 You got a minute?，也是實際上會使用的說法。

A

Hi, Tom. Do you have a minute?
（嗨，湯姆。可以打擾你一下嗎？）

Sure, what's up?
（當然好，怎麼了？）

There's something wrong with my computer. Can you take a look?
（我的電腦有點問題。你可以看看嗎？）

被問到 Do you have a minute? 的時候，如果有空的話，通常會回答 Yes.「我有空」或者 Sure.「當然」。如果沒空的話，可以回答 Sorry, not for now.「抱歉，現在沒空」。

B

Excuse me, do you have a minute?
（不好意思，可以打擾你一下嗎？）

Sorry, but I'm in the middle of something right now.
（抱歉，我現在有事。）

be in the middle of something 是「正在進行某件事」的意思。

Part 4 只要記得這些就 OK！基本必備短句 01 可以打擾你一下嗎？（有事要問對方的時候）

請幫我一個忙
（尋求幫助的時候）

I need your help.
（我需要你的幫忙。）

其他說法

| Can you help me?
（你可以幫我嗎？）

| Would you give me a hand?
（你可以幫我一個忙嗎？）

> **使用 need，可以表現出急迫性！**

　　要表達「請幫我一個忙」的時候，相較於 Can you help me? 或 Would you give me a hand? 等表示請求的問句，日常會話中最常用的，其實是使用動詞 need 的 **I need your help.**「我需要你的幫忙」。

　　這裡使用的 need，特別之處在於帶有「現在馬上」、「很重要」的意味。在商務場合，也會在有急迫性的情況使用這個說法，例如上司對部下說 I need to talk to you.「我需要跟你談談」。

A

I have to prepare the room for a meeting by one p.m.
（我必須在下午一點前把會議室準備好。）

Do you need any help?
（你需要幫忙嗎？）

I need your help to move these chairs.
（我需要你幫忙搬動這些椅子。）

(need your help 的發音是 [ni·dʒʊɚ·hɛlp]。)

B

Hey, I need your help right now.
（嘿，我現在需要你的幫忙。）

Sure, what can I do?
（當然可以，我能做什麼？）

(要表達「我現在就需要你的幫忙」，想在請求時表現出急迫性，可以加上 right now「現在馬上」。)

請問您是哪位？
（接電話的時候）

4-03.mp3

Hello, who is this?
（喂，請問您是哪位？）

第1名

其他說法

Who's calling, please?
（請問您是哪位？）

May I ask who's calling?
（可以請問您是哪位嗎？）

接電話時「您是哪位」，不是用 Who are you? 表達！

在電話中，問「您是哪位？」的情況，最常用的說法是使用 this 的 **Who is this?**。因為用 this 聽起來比較有禮貌，所以是適用於任何對象的好用說法。如果直接說 Who are you?「你是誰？」的話，會顯得像是採取警戒態度的樣子。Who are you? 也常用在和不認識的人吵架的時候，是比較沒禮貌的說法。

至於 May I ask who's calling? 這種教科書式的慎重表達方式，雖然比較少見，但還是有人使用。

Ⓐ

Hi, it's Robin. Who is this?
（嗨，我是羅賓。請問您是哪位？）

This is Ann. Is this a good time to talk?
（我是安。現在方便講電話嗎？）

(對方問 Who is this? 時，請用 This is ～（名字）的方式回答。)

Ⓑ

Hi, Mary, it's me.
（喂，瑪麗，是我。）

What? ...Excuse me, who is this?
（什麼？…不好意思，請問您是哪位？）

Oh, sorry. I think I have the wrong number.
（噢，抱歉。我想我打錯電話了。）

(在問 Who is this? 之前，先說 Excuse me「不好意思」，會給人比較有
禮貌的印象。也可以加上 please，說成 Who is this, please?。)

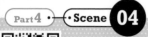
我說完了
（表示話說完了的時候）

第1名

That's it.
（我說完了。）

其他說法

| That's all.
（我說完了。）

> ### 用 That's it. 來結束一段話！

　　要說的內容已經結束，想表達「我說完了」、「就這樣了」，最常用的說法是 **That's it.**。在沒有別的話要說的時候，這是很典型的一句話。That's all. 也是一樣的意思，同樣很常用。

　　除了上述用法以外，That's it. 也可以用在對方說中自己想說的話時，表示「對，就是那樣！」，或者用在無法繼續忍受的時候，表示「我受夠了！」（→P26）。隨著狀況不同，意義也會有所改變。在看電影或連續劇的時候，請試著留意一下，我想一定會聽到其中某個用法。

Ⓐ

That's it from me. Thank you for your attention.
（我說完了。謝謝各位聆聽。）

Excuse me, can I ask one question?
（不好意思，我可以問一個問題嗎？）

(That's it from me. 是簡報結束時的慣用說法。)

Ⓑ

I'd like the chicken, please.
（我想要雞肉，麻煩了。）

Certainly. Would you like something else?
（沒問題。您還想要別的嗎？）

No, that's it. **Thank you.**
（不用，就這樣了。謝謝你。）

(在餐廳或咖啡店點餐時，也可以用 That's it. 表達「就這樣了」。)

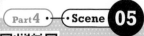

4-05.mp3

給你
（給人東西的時候）

第1名

There you go.
（給你。）

其他說法

| There you are. | Here you are. |
| （給你。） | （給你。） |

第一名是不太容易想到的慣用說法！

　　There you go. 在咖啡店和餐廳也是很常用的美式口語說法。雖然隨著狀況不同，意義也有各種變化，但最常用的還是在把東西拿給別人的時候，表示「給你」的意思。如果是要給別人禮物，可以先說 I have something for you.「我有東西要給你」，然後一邊說 There you go.，一邊把東西交給對方。另外，也有 There you are. 的說法，但聽起來比較正式。Here you are. 也是把東西拿給別人時會使用的說法。

A

Can I try out your latest camera?
（我可以試用你們最新的相機嗎？）

Of course, you can. There you go.
（當然可以。給您。）

Wow, this is quite light!
（哇，這好輕喔！）

(重點在於一邊將對方要的東西交出去，一邊說出這句話。)

B

That'll be 1,200 yen.
（總共是 1,200 日圓。）

There you go.
（給您。）

(在店裡結帳付錢的時候，也可以說 There you go.。)

4-06.mp3

我很滿意
（滿意的時候）

I'm happy with the test score.

（我很滿意考試的分數。）

其他說法

I'm satisfied.
（我很滿意。）

> **happy** 除了「快樂」以外，還有「滿意」的意思！

　　說到 **happy**，幾乎所有人都會覺得是「快樂」的意思吧。事實上，happy 的核心意義是「滿意」。因為「滿意」，才會有「快樂」或「幸福」的感覺。要表達滿意的具體對象時，會使用介系詞 with 或 about。而在本書所參考的語料庫中，像 I'm happy to hear that.「我很高興聽到那個消息」這樣使用 to do 的形式，是最常見的。另外，雖然也有 I'm satisfied.「我很滿意」這種說法，但否定句 I'm not satisfied. 比較常用。

A

I've heard that you moved into a new house! How is it?
（我聽說你搬新家了！那裡怎麼樣？）

I'm quite happy with the size of the rooms.
（我挺滿意房間的大小。）

That's nice. Invite me over some time!
（真好。改天邀請我去你家吧！）

(quite 是「相當，很」的意思。在這裡強調滿意的程度。)

B

I'm happy to see you.
（我很高興見到你。）

So am I.
（我也是。）

(表達「我也是」的時候，請注意詞序是 So am I.。這個說法聽起來比 Me, too 成熟。)

4-07.mp3

糟透了
（遇到討厭的事情時）

It sucks.

（糟透了。）

其他說法

| I feel awful.
（我覺得糟透了。）

| I feel terrible.
（我心情很糟糕。）

粗話 suck 是使用率第一名！

　　動詞 suck 是「吸吮」的意思。It(That) **sucks**. 是美國年輕人常說的粗話，是「（那個事物）糟透了，爛透了」的意思。雖然現今在一般的對話中已經相當普遍，但因為不是好聽的話，所以如果不習慣這個說法，或許避免使用比較好。

　　其他還有用表示「糟糕」的 awful 和 terrible 來表達的 I feel awful/terrible.。如果不是關係親近的人，建議使用這種說法。

Ⓐ

My girlfriend dumped me.
（我的女朋友甩了我。）

Oh, man. That sucks.
（噢，天啊。太糟了。）

I guess I should move on.
（我想我該繼續向前走了。）

(That sucks.「那太糟了」也可以用在對親朋好友表示同情的時候。)

Ⓑ

How's your new job?
（你的新工作怎麼樣？）

Well, to be honest, the pay sucks.
（嗯，老實說，薪水很糟糕。）

(pay 是「支付，薪水」。如果要用比較中規中矩的方式表達，可以說 The pay is not good.「薪水不好」。)

4-08.mp3

你推薦什麼？
（請對方推薦的時候）

第1名

What do you recommend?
（你推薦什麼？）

其他說法

Do you have any recommendation?
（你有任何推薦嗎？）

用 What do you recommend? 請求推薦！

在餐廳之類的地方，想要請求推薦的時候，**What do you recommend?** 是典型的說法。這是在國外旅行非常實用的句子。在 what 和 do 之間加上具體的名詞，可以用在更多不同的情況。例如因為有很多種類而不知如何選擇的時候，如果是沙拉，可以說 What salad do you recommend?「你推薦什麼沙拉？」；如果是葡萄酒，可以說 What wine do you recommend?「你推薦什麼酒？」。而如果不知道襯衫該選什麼尺寸，則可以說 What size do you recommend?「你推薦什麼尺寸？」。

A

Hello. May I help you?
（你好。我可以幫您什麼嗎？）

I'm looking for some souvenirs. What do you recommend?
（我在找紀念品。你推薦什麼？）

How about these soaps made from coconut oil?
（這些以椰子油製成的肥皂怎麼樣？）

（ 先告訴對方 I'm looking for ～「我正在找～」，然後再用 What do you recommend? 詢問，就會是非常流暢的對話。 ）

B

I'm from California.
（我來自加州。）

What do you recommend for sightseeing there?
（在那裡觀光你推薦什麼？）

（ 詢問當地人「推薦什麼觀光景點」，也可以用 What do you recommend? 表達。 ）

4-09.mp3

懂了嗎？
（確認對方理解的時候）

第 1 名

Got it?
（懂了嗎？）

其他說法

You got it?
（你懂了嗎？）

Do you understand?
（你了解嗎？）

確認對方是否理解時，用 get 表達！

　　詢問對方「懂了嗎？」的時候，使用動詞 get 的說法是最常用的。**Got it?** 是從 Have you got it? 省略而來的說法，說的時候句尾音調要上揚。

　　另外，英語學習者常用的 Do you understand? 雖然在語料庫中的使用率也算高，但使用時需要注意。隨著使用情境和說話方式的不同，有時候如果在講完一段話之後使用這個說法，會帶有質問對方「你到底懂了沒有？」的感覺。為了不要造成誤會，還是用 Got it? 表達比較好。

會話中的用法

A

Let's get to the airport two hours before departure. Got it?
（我們要在飛機起飛兩小時前到機場。懂了嗎？）

I know. I don't wanna miss our flight.
（我知道。我可不想錯過航班。）

(miss 表示「錯過」，也就是「沒趕上飛機」的意思。)

B

You shouldn't meet him anymore. Got it?
（你不該再和他見面了。懂了嗎？）

Okay, I got it...
（好，我知道了…）

(在給予建議或忠告時，可以用這句話問對方「你真的懂了嗎？」、「明白了嗎？」。)

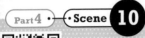

4-10.mp3

現在幾點？
（詢問時間的時候）

What time is it?
（現在幾點？）

其他說法

Do you have the time?
（你知道現在的時間嗎？）

> 什麼情況都說 What time is it "now"? 的話，會顯得不自然！

　　「現在幾點？」最常用的說法是 **What time is it?**。不過，這樣問的前提通常是對方應該知道時間，或者戴了手錶的情況。如果不確定的話，則會用帶有「你有錶嗎？」含意的 Do you have the time? 來問。這裡的 the time 是指你我共同置身的「這個時間」。至於學校教的 What time is it now? 這種加上 now 的說法，只佔了大約 8%，除非是想刻意強調「現在」，不然是不會這麼說的。

會話中的用法

(A)

The show will start at six. What time is it?

（這場表演六點會開始。現在幾點？）

It's five. We have one more hour.

（現在五點。我們還有一小時。）

Good. I'll check my text messages.

（好的。那我要看看我的簡訊。）

(回答時用 It's ～ (o'clock). 「現在～點」表達。)

(B)

Hurry up! We have to leave at ten o'clock!

（快點！我們必須在十點出發！）

Oh, what time is it?

（噢，現在幾點？）

It's almost ten!

（就快十點了！）

(It's almost ten. 是「幾乎十點」，也就是「快要十點」的意思。)

4-11.mp3

今天天氣真好
（聊天氣的時候）

第1名

It's such a nice day.
（今天天氣真好。）

其他說法

It's nice weather.
（天氣真好。）

It's a beautiful day.
（真是美好的一天。）

> 天氣「很好」的表達方式中，nice 的使用率很高！

　　在本書所參考的語料庫中，最常用來表示天氣好的形容詞是 **nice**。「好天氣」可以說是 a nice day 或 nice weather，用 nice 表達似乎是最適合的。其次則是 beautiful，例如 Beautiful day.「天氣真好」和 What a beautiful day today, huh?「今天天氣多好呀，對吧？」都是實際上有人使用的說法。

　　至於從中文直接翻譯的 The weather is good.，在本書所參考的語料庫中並沒有出現。

會話中的用法

Ⓐ

Good morning, sir. It's such a nice day today.
（早安。今天天氣真好。）

Good morning. It's getting warmer every day.
（早安。每天天氣越來越溫暖了。）

> 問候同事或顧客時，可以用天氣當作話題。例如 It's a bit cold today.「今天有點冷」、It's humid today.「今天很潮濕」，請視情況改變所說的內容。

Ⓑ

Why don't we go to the beach?
（我們何不去海邊呢？）

Sounds good! It's such a nice day for swimming.
（聽起來不錯！今天是游泳的好日子。）

> It's such a nice day for ～ 的意思是「今天是很適合～的日子」。

4-12.mp3

～怎麼樣？
（詢問感想的時候）

第**1**名

How was your weekend?
（你的週末過得怎樣？）

其他說法

How did ～ go?
（～進行得怎樣？）

> **How was ～？是詢問感想最常用的說法！**

　　要問對方的感想「～怎麼樣？」的時候，**How was ～ ?** 是最一般的說法。例如在機場接機的時候，可以問對方 How was your flight?「你的飛行過程怎麼樣？」；對放學回家的孩子，可以問 How was school today?「今天在學校過得怎麼樣？」。

　　另外，如果想要知道對方考試、面試、運動競賽的勝負之類的「結果」，可以用 How did ～ go? 這個句型詢問，例如 How did your interview go?「你的面試進行得怎樣？」、How did the test go?「考試考得怎麼樣？」。

A

Did you watch "America's Got Talent" last night? How was it?

（你昨晚看了 America's Got Talent〔美國達人秀〕嗎？）

To be honest, it wasn't as good as I expected.

（說實話，沒有我預期的好看。）

（　詢問對於電視節目、電影或書的感想時，可以用 How was ～？表達。　）

B

Hi, how was your trip to Hokkaido?

（嗨，你的北海道旅行怎麼樣？）

It was great! I ate a lot of seafood.

（很棒！我吃了好多海鮮。）

I'm so jealous. I wanna go there, too.

（真羨慕。我也想去。）

（　對方以 How was ～？詢問感想時，可以先回答 It was ～.，然後說明理由或具體的內容，進一步展開對話。　）

4-13.mp3

我明天有空
（回答預定行程時）

I'm not busy tomorrow.
（我明天有空。）

其他說法

| I'm free ～ .
（我～有空。）

否定形態的 not busy 是最常用的！

　　要表達「我有空」的時候，最常用的是 I'm busy「我很忙」的否定形 **I'm not busy**。雖然用 I'm free tomorrow. 也可以表達同樣的意思，但藉由將 busy 否定，可以更強烈地傳達「我不忙（所以可以）」的含意。用現在式表達明天的事，是因為已經確定的關係。

　　雖然也可以說 I'll be free tomorrow.，但因為有 will 的關係，所以並不是完全確定，而是現在對於未來的預測，意味著照現在的情況看來，有很高的機率會是那樣的結果。

A

Tommy will hold a party this weekend. Are you coming?
（湯米這個週末要辦派對。你會去嗎？）

Sounds nice! I'm not busy this weekend.
（聽起來不錯！這個週末我有空。）

(hold a party 是「舉辦派對」的意思。)

B

Hey, Mark. Can you give me a ride tonight?
（嘿，馬克。你今晚可以載我一程嗎？）

Sure. I'm not very busy tonight.
（可以啊。我今晚不是很忙。）

Cool!
（太好了！）

(I'm not very busy 表示「不是非常忙碌」→「不太忙」的意思。)

4-14.mp3

我想做～！
（討論想做的事）

I want to make pizza!
（我想做披薩！）

其他說法

I'd like to ～
（我想做～）

I'd love to ～
（我很想要做～）

用 want to ～ 直接表達「想做～」！

　　want to ～ 是表達「想做～」的基本說法。在日常會話中，經常會發音成 wanna。和 really「真的」組合成的 I really wanna ～ 也很常見。不過，因為這樣說感覺很直接，所以 **I'd like to ～**「（可以的話）我想做～」這種禮貌程度較高的說法，使用率也很高。

　　至於表示「我很想要做～」的 I'd love to 則是強烈表現想做的意願時使用的說法，請視狀況適當使用。常有人說這是女性使用的說法，但男性其實也會這麼說。

A

What do you want to do tonight?
（你今晚想做什麼？）

I want to eat out for a change.
（我想改變一下，去吃外食。）

（ 問對方想做什麼的時候，可以說 What do you want to do?「你想做什
麼？」。 ）

B

What do you want to be when you grow up?
（你長大想當什麼？）

I want to be a teacher.
（我想當老師。）

（ 問句 What do you want to be? 是問小朋友將來想當什麼的常用說法。 ）

4-15.mp3

到～要怎麼走？
（詢問如何到某個地點）

How do I get to the station?
（到車站要怎麼走？）

其他說法

Can you tell me how to get to ～ ?
（你可以告訴我怎麼到～嗎？）

> 詢問「去」某地的方法，通常會用 get to 表達！

　　「到～要怎麼走？」通常不會用 go to ～，而是用 **get to** ～「到達～」來表達。arrive at ～ 雖然是一樣的意思，但聽起來顯得正式了些，所以一般會話偏好使用 get to ～。在本書所參考的語料庫中，除了 How do I get to ～？以外，還有 Can you tell me how to get to ～？「你可以告訴我怎麼到～嗎？」這種說法。因為使用了 Can you tell me ～？「你可以告訴我～嗎？」，所以聽起來顯得委婉有禮。

—————————————— A ——————————————

Excuse me, how do I get to Immigration?
（不好意思，到入境審查處要怎麼走？）

It's downstairs.
（在樓下。）

（ 在機場迷路時可以這麼說。Baggage claim「行李提領處」和 Customs 「海關」也一起記下來吧。 ）

—————————————— B ——————————————

Let's meet in front of City Tower.
（我們在 City Tower 前見面吧。）

I've never been there. How do I get to that place?
（我從來沒去過那裡。到那個地方要怎麼去？）

You can take a bus from Shibuya Station.
（你可以從澀谷車站搭公車。）

（ How do I get to ～？可以用來詢問到達目的地的走法或交通方式。 ）

4-16.mp3

多少錢
（詢問價錢的時候）

第1名

How much is this bag?
（這個包包多少錢？）

其他說法

Can you tell me how much it is?
（可以告訴我這個多少錢嗎？）

What's the damage?
（多少錢？）

價錢果然還是會用 How much 〜？詢問！

　　詢問價錢的典型說法就是 **How much 〜？**。在本書所參考的語料庫中，這也是最常用的說法。實際情況中，可以看到 How much is it?、How much is that?、How much is this gonna cost? 等使用的例子。How much is it? 比較直接，如果想要稍微表達一點禮貌，可以使用間接問句 Can you tell me how much it is?。而在非常口語的說法中，有半開玩笑口吻的 What's the damage? 這種說法，字面上是「會對錢包造成多少傷害？」的意思。

會話中的用法

Ⓐ

How much is this?
（這個多少錢？）

It's 15 dollars.
（15 美元。）

Can I get a discount if I buy two?
（如果我買兩個可以得到折扣嗎？）

（　要詢問「可以打折嗎？」，可用 Can I get a discount? 表達。　）

Ⓑ

I'm wondering if I should buy this watch.
（我不知是否該買這只手錶。）

It looks nice. How much is it?
（看起來不錯。多少錢？）

It's 20,000 yen, but it's 30 percent off now.
（20,000 日圓，不過現在折扣 30%。）

（　請複習一下談論價格時會用到的數字說法。1 萬是 ten thousand，10 萬是 one hundred thousand，100 萬是 one million。　）

4-17.mp3

需要多少時間？
（詢問等候時間）

第1名

How long is this going to take?

（這需要多少時間？）

其他說法

How much longer?
（還要多久？）

> **How long do I have to wait? 這種說法沒有人使用！**

詢問等待時間的說法中，使用率最高的是 **How long is this going to take?**。之所以用 be going to ～ 來表達，是因為含有朝著目標前進的意味。另外，How much longer? 也是常用的說法，這是從 How much longer does it take? 或者 How much longer is the wait? 縮減而來的。至於從「我要等多久？」直譯的 How long do I have to wait?，則沒有找到使用的例子。或許是因為這種說法好像是很不耐煩地直接逼問對方，所以沒有人使用。

A

We're sorry to have kept you waiting.
（我們很抱歉讓您等候。）

How long is this going to take?
（還要多少時間？）

About thirty minutes, I suppose.
（我想大約 30 分鐘。）

（　在餐廳之類的地方，可以用這句話詢問等待的時間。　）

B

How's the data entry work going?
How long is this going to take?
（資料輸入的工作進行得怎麼樣了？需要多少時間？）

I'll finish it by noon.
（我會在中午之前完成。）

Glad to hear that.
（我很高興聽到這個消息。）

（　也可以用來詢問別人的工作進度。　）

4-18.mp3

我們平分帳單吧
（結帳的時候）

Let's split the bill.
（我們平分帳單吧。）

¥50,000

其他說法

Let's pay separately.
（我們各付各的吧。）

> **split the bill** 是「平均分攤」的慣用說法！

　　動詞 split 是「切開，分開」的意思，而 **split the bill** 字面上的意思是「把帳單分開」，也就是「平均分攤帳單金額」，是一般很常用的說法。如果要表達的是每個人付自己吃的部分，「各付各的」，則會用 pay separately 表達。

　　而 go Dutch「平分帳單」雖然是會話書和網路學習資訊中常看到的說法，但因為 Dutch 是「荷蘭人」的意思，有人種、民族方面的指涉，所以最好不要使用。

A

Let's split the bill. Show me the receipt.
（我們平分帳單吧。讓我看收據。）

Here it is.
（在這裡。）

Thanks. It's about 3,000 yen each.
（謝謝。每個人大約 3,000 日圓。）

（　It's ～ yen each 是「每一人～日圓」的意思。　）

B

Okay, let's split the bill.
（好，那我們平分帳單吧。）

No, I'll treat you today.
（不，今天我請你。）

（　treat 是「請客」的意思。I'll treat you. 是「我請你」的慣用說法。　）

4-19.mp3

沒什麼事
（被問到有沒有預定行程的時候）

Not much.
（沒什麼事。）

其他說法

Nothing in particular.
（沒什麼特別的事。）

Nothing special.
（沒什麼特別的事。）

「沒有預定要做的事」可以用 Not much. 表達！

要說「沒什麼特別的事」，可能有很多人會馬上回答 Nothing in particular.。這樣說當然沒錯，但在本書所參考的語料庫中並沒有實際使用的例子。不過，Nothing special.「沒什麼（和平常不同的）特別的事」則是有實際使用的例子。

令人意外的是，最常用的說法是 **Not much.**。這句話常用來回答打招呼的用語 What's up，但在被問到有沒有預定要做的事情時，也可以用來表達「沒什麼事」。不過，這是比較口語的說法，對熟人使用會比較安全。

會話中的用法

Ⓐ

Hey, what are you doing tonight?
（嘿，你今晚要做什麼？）

Not much. Why?
（沒什麼事。為什麼問？）

There's a free concert at the mall. You wanna go?
（購物中心有一場免費音樂會。你想去嗎？）

（ What are you doing tonight? 是以現在進行式表示比較近期的未來預定事項（→P66）。 ）

Ⓑ

Hey, good to see you! What's up?
（嘿，真高興見到你！最近怎麼樣？）

Not much. What's up with you?
（沒什麼事。那你最近怎麼樣？）

（ 由於 What's up? 只是單純用來打招呼，所以沒必要仔細說明最近發生的事，只要簡單回答或反問對方就行了。 ）

4-20.mp3

你來自哪裡？

（詢問出生地的時候）

第1名 Where are you from?

（你來自哪裡？）

其他說法

You live around here?
（你住在這附近嗎？）

在對話中適當的時機詢問出生地，是比較明智的作法！

Where are you from? 是詢問出生地的慣用說法。不過，從語料庫的資料中可以發現，像 So, where are you from? 一樣在談話途中問「那你來自哪裡？」的情況很多。聊到一個程度，開始了解對方之後，才問這個問題，是英語圈的習慣。請不要一開始就突然這麼問。

另外，雖然使用率不高，但也有 You live around here?「你住在這附近嗎？」這種間接詢問出生地的方式。請當成一種發展對話的方式使用看看。

A

I didn't know Japan was so cold.
（我不知道日本這麼冷。）

Oh, yeah? So, where are you from?
（哦，這樣啊？那你來自哪裡？）

像這樣從天氣之類的話題開始，在對話中的適當時機詢問，是很好的作法。

B

I'm from Japan. Where are you from?
（我來自日本。你來自哪裡？）

I'm from China.
（我來自中國。）

Oh, where in China are you from?
（噢，你來自中國的哪裡？）

也可以用 Where in ～？詢問「～的哪裡」？

Part **4** 只要記得這些就OK！基本必備短句 ● ⑳ 你來自哪裡？（詢問出生地的時候）

4-21.mp3

有我陪你
（鼓勵別人的時候）

第1名

I'm with you.
（有我陪你。）

其他說法

I'll always be on your side.
（我永遠在你身邊。）

> 要鼓勵別人，就用有「同伴」畫面感的 with 表達！

　　介系詞 with 有「人和人在一起」的畫面感。所以，**I'm with you.**「我和你在一起」會被當成「有我陪你」的意思使用。在本書所參考的語料庫中，只有出現這個說法，至於西洋音樂的歌詞中可以聽到的 I'll always stand by you. 等等則沒有出現。

　　順道一提，疑問句 Are you with me? 則常常用在說明某件事情的時候，確認對方是否理解，表示「你明白（我說的話）嗎？」的意思。

A

You don't have to be so nervous. I'm with you.
（你不需要這麼緊張。有我陪你。）

Thank you, I'll do my best.
（謝謝。我會盡我所能。）

I'm with you. 有「因為有我陪你，所以沒問題」的感覺。

B

I really think we should hire more people.
（我真的認為我們應該雇用更多人。）

I'm with you on that. Let's go talk to our manager about it.
（關於那件事，我同意你。我們去跟經理談談吧。）

I'm with you on that. 表示「關於那件事，我和你在一起」，也就是「關於那件事，我和你的意見相同」。要表達和對方意見相同，站在同一陣線時，可以使用這個說法。

4-22.mp3

你成功了！
（誇獎別人的時候）

第1名

You made it!
（你成功了！）

其他說法

I'm proud of you.	Right on!
（我以你為榮。）	（太好了！）

注意 make it 誇獎別人時的用法！

　　make it 有「順利完成」的意思，而過去式的 **You made it.** 則是向成功做到某事的人表達「你成功了！」的意思。對於即將挑戰某件事的人，則可以說 I hope you can make it.「我希望你能成功」。另外，make it 也有「及時趕到」的意思，用 You made it. 表示「你及時趕到了」的情況也很常見。其他還有口語的說法 Right on.，除了表示「太好了」以外，也有表示贊同對方意見，意思像是「沒錯！」的用法。

A

My proposal got accepted!
（我的提案通過了！）

You finally made it! I know you worked so hard for it.
（你終於成功了！我知道你為了這件事很努力。）

（ 加上 finally「終於」，就能表達從以前開始持續挑戰，現在終於成功的意思。 ）

B

I'm glad you made it to this party!
（我很高興你及時趕上這場派對了！）

Yeah. I got the job done real quick.
（是啊。我很快把工作做完了。）

Awesome. Let's boogie tonight!
（太好了。今晚我們盡情跳舞吧！）

（ I'm glad you made it to ～ 是「（在覺得對方有可能趕不上時間的情況下）很高興你趕上」的意思。boogie 是 dance 的口語說法。 ）

4-23.mp3

你過獎了
（被稱讚的時候）

第1名

I'm flattered.
（你過獎了。）

其他說法

That's kind of you to say so.
（謝謝你的誇獎。）

別人稱讚自己的時候，用 I'm flattered.「我被奉承了」回應！

在英語中，沒有能夠完全對應「因為被稱讚而不好意思」的詞彙。所以，使用動詞 flatter「奉承」的 **I'm flattered.**「我被奉承了」，最接近「被稱讚真是不好意思」的感覺。flatter 帶有「刻意說好聽話稱讚別人」的意味，所以這句話可以用來表達「沒有你說的那麼好，但還是很高興你這樣說，謝謝」的感覺。至於別人稱讚自己「看起來精神不錯」的情況，可以用 You too.「你也是」回應。我看過大牌音樂人矢澤永吉先生用過這個說法，真不愧是溝通的能手。

A

I love your new hairstyle!
（我很喜歡你的新髮型！）

I'm flattered, thanks.
（你過獎了，謝謝。）

（ 在英語文化圈，並沒有被人稱讚時要說「沒有啦，沒那回事」表示謙虛的文化，反而要笑著說 Thank you.「謝謝」才會留下好印象。 ）

B

Your beef stew is the best I've ever had!
（你的燉牛肉是我吃過最棒的！）

Thank you. I'm very flattered.
（謝謝。你真的過獎了。）

You should be proud of your cooking skills.
（你應該以你的廚藝為榮。）

（ I'm very flattered. 是「你真的過獎了」的意思。 ）

台灣廣廈 國際出版集團
Taiwan Mansion International Group

國家圖書館出版品預行編目（CIP）資料

老外在用最高頻率英文使用書 / 高橋基治, 阿部一著. -- 初版. --
新北市：語研學院出版社, 2022.12
面；　公分
ISBN 978-626-96409-6-6（平裝）

1.CST：英語 2.CST：會話

805.188　　111018852

LA PRESS 語研學院 Language Academy Press

老外在用最高頻率英文使用書

作　　　者／高橋基治、阿部一	編輯中心編輯長／伍峻宏・編輯／賴敬宗
插　　　畫／長野美里	封面設計／張家綺
原版內頁設計／橘 奈緒	內頁排版／菩薩蠻數位文化有限公司
編 輯 協 力／株式会社メディアビーコン	製版・印刷・裝訂／皇甫・秉成

行企研發中心總監／陳冠蒨　　　　　　線上學習中心總監／陳冠蒨
媒體公關組／陳柔彣　　　　　　　　　產品企製組／顏佑婷
綜合業務組／何欣穎

發 行 人／江媛珍
法 律 顧 問／第一國際法律事務所 余淑杏律師・北辰著作權事務所 蕭雄淋律師
出　　 版／國際學村
發　　 行／台灣廣廈有聲圖書有限公司
　　　　　　地址：新北市235中和區中山路二段359巷7號2樓
　　　　　　電話：（886）2-2225-5777・傳真：（886）2-2225-8052

代理印務・全球總經銷／知遠文化事業有限公司
　　　　　　地址：新北市222深坑區北深路三段155巷25號5樓
　　　　　　電話：（886）2-2664-8800・傳真：（886）2-2664-8801
郵 政 劃 撥／劃撥帳號：18836722
　　　　　　劃撥戶名：知遠文化事業有限公司（※單次購書金額未達1000元，請另付70元郵資。）

■出版日期：2022年12月　　　ISBN：978-626-96409-6-6
　　　　　　2024年5月2刷　　　版權所有，未經同意不得重製、轉載、翻印。